Onderdanige Chef-Kok en andere verhalen

Erika Sanders
Serie
Overheersing en erotische onderwerping

Korte inhoud

Dit boek bestaat uit de volgende verhalen:
Onderdanige Chef-Kok
Bedrogen
Beter een trio

Onderdanige Chef-Kok is een roman met een sterk erotisch BDSM-gehalte en, op zijn beurt, een nieuwe roman behorend tot de Erotic Domination-collectie, een serie romans met een hoog romantisch en erotisch BDSM-gehalte .

(Alle personages zijn 18 jaar of ouder)

Opmerking van de schrijver:

Erika Sanders is een bekende internationale schrijfster, vertaald in meer dan twintig talen, die haar meest erotische geschriften, ver van haar gebruikelijke proza, ondertekent met haar meisjesnaam.

Inhoudsopgave

ONDERDANIGE CHEF-KOK EN ANDERE VERHALEN
ERIKA SANDERS

ONDERDANIGE CHEF-KOK

EERSTE DEEL
WEDERZIJDSE TOESTEMMING

HOOFDSTUK 1

De brief was een zegen.

Ik kon mijn tranen nauwelijks bedwingen.

Cristina was net klaar met haar culinaire studie en haar nieuwe horecazaak kende een moeilijke start.

Hij stond in zijn kleine appartement en bekeek elk woord van de handgeschreven brief.

Beste Cristina,

Ik hoop dat deze brief u bereikt. Vergeef me, maar ik gebruik geen e-mail. En ik hou over het algemeen niet van telefoontjes. Ik ben uit de mode.

Ik ben een kennis van je moeder. We hebben elkaar enkele weken geleden kort ontmoet op het feest van een gemeenschappelijke vriend. Je moeder noemde terloops meerdere keren je horecabedrijf. Ik heb erover nagedacht en het klinkt interessant. Ik heb nog nooit een cateraar ingehuurd.

Bent u geïnteresseerd in een nieuwe klant, neem dan contact met mij op en wellicht kunnen we tot een overeenkomst komen. Ik ben een vreselijke kok. En ik hoorde dat je heel goed bent.

Hartelijke groeten en succes met uw onderneming,
Paulus

Eindelijk, dacht ze. Het geluk begon zijn kant op te komen.

HOOFDSTUK 2

Een week later.

Cristina reed door de rijke buurt in haar oude, versleten auto.

Hij trok duidelijk de aandacht, maar dat kon hem niets schelen.

Ik was blij dat ik in deze buurt was voor een mogelijke baan.

Hij parkeerde bij de ingang van het adres dat zij hem hadden opgegeven.

Ik had geen idee hoe Paul eruit zag.

Hun enige echte interactie was een kort telefoontje om de vergadering te regelen.

Cristina klopte op de deur.

Een oudere zwarte vrouw reageerde.

De vrouw droeg een dienstmeisjeskostuum.

De vrouw bleef vreemd stil terwijl ze elkaar aankeken.

'Hallo,' zei Cristina ongemakkelijk. 'Ik ben hier voor Paul.'

De oude zwarte vrouw knikte.

"Kom binnen."

Cristina kwam binnen en de meid sloot de deur.

De meid leidde haar de trap op van een vrij groot huis.

Cristina keek om zich heen met ogen vol jaloezie.

Alles was oud, donker en rustiek.

Overal stond antiek.

Aan de muren hingen klassieke schilderijen.

Ze kwamen in een gang en de meid opende een deur nadat ze eerst had geklopt.

Cristina kwam binnen en de meid vertrok.

Het was een kantoorkamer.

Paul zat achter zijn bureau te werken.

Het was een knappe man van ongeveer 40 jaar oud.

Hij had een steenachtige uitdrukking op zijn gezicht die onmogelijk te lezen was.

Zijn gezicht was perfect voor poker.

Zijn gezicht bleef uitdrukkingsloos.

'Ga alsjeblieft zitten,' zei hij.

Cristina was geïntimideerd door zijn aanwezigheid en haar eigen gebrek aan zakelijke ervaring.

Ik had nog nooit eerder een deal gesloten.

Ze ging voor haar bureau zitten.

'Je moet nieuw zijn in dit vakgebied,' zei ze.

"Waarom zeg je dat?"

'Ik kon je nervositeit voelen toen je binnenkwam. Probeer je te ontspannen. Maak je geen zorgen, ik ben hier om je te helpen met alles wat je nodig hebt.'

Ze glimlachte ongemakkelijk.

"Ik zal het onthouden."

'Oké. Vertel me nu eens over je cateringbedrijf.'

'Nou, het is nog vrij nieuw,' zei hij na enig nadenken. "Ik kan maaltijden bereiden die aan jouw specifieke voorkeuren voldoen. Als je catering nodig hebt voor een feest, kan ik extra mensen inhuren. Ik heb veel vrienden van de culinaire school."

'Dat zal niet nodig zijn. Ik heb liever dat je alleen werkt. Dan zijn er minder problemen.'

Cristina knikte met haar hoofd.

'Ik neem aan dat je alleen woont en wil dat ik maaltijden voor je klaarmaak?'

"Heel erg slim."

'Had u een specifieke overeenkomst in gedachten?'

'Dat hangt ervan af,' antwoordde Paul. "Je hebt het druk? Heb je het druk?"

Ze schonk hem een beschaamd glimlachje.

'Integendeel. Je bent mijn eerste echte klant. Ik heb hier en daar kleine dingetjes gedaan. Vooral voor de vriendinnen van mijn moeder die me een plezier deden.'

'Wil je gratis zakelijk advies? Onthul nooit een zwakte. Klinkt niet goed.'

'O, zeker. Ik zal het onthouden.'

'Wat betreft een overeenkomst,' antwoordde Paul. 'Kun je maaltijden voor me bereiden? Lunch en diner.'

'Tuurlijk. Dat zal geen probleem zijn.'

"Uitstekend. Ik wil graag dat de maaltijden stipt om 11.30 uur bij mij thuis worden bezorgd. Van maandag tot en met vrijdag."

'Natuurlijk,' stemde ze in.

'Deze overeenkomst zal op zijn minst de komende maanden gelden. Ieder van ons heeft de mogelijkheid om de overeenkomst op elk moment op te zeggen. Begrepen?'

"Ja ik begrijp het."

"Uitstekend."

"Heeft u bepaalde eetvoorkeuren?" vroeg Cristina. "Mijn specialiteiten zijn Franse, Italiaanse en verschillende Aziatische stijlen..."

Hij schudde zijn hoofd.

'Dat maakt niet uit. Breng haar gewoon op tijd binnen.'

"Goed."

'Laten we nu de cijfers bespreken. Hoe klinkt $100 per dag voor jou? Is dat eerlijk?'

Cristina's ogen werden groot.

Het werk en het aangeboden bedrag waren veel meer dan ik had verwacht.

Ze realiseerde zich dat ze er raar uit moest zien met een puppy-uitdrukking op haar gezicht, dus herwon ze haar kalmte.

'Dat klinkt redelijk,' antwoordde hij kalm. "Ja, dat is goed."

'Dan is het geregeld. Kun je morgen beginnen?'

"Geen probleem. Maar weet je zeker dat je niet eerst mijn kookkunsten wilt proberen?"

wil me tijdens het werk geen zorgen maken over eten.'

Cristina knikte met haar hoofd.

'Oké. Ik begrijp het. Mag ik vragen wat je doet? Je huis is prachtig. Ik hou van de rustieke sfeer.'

"Ik heb verschillende dingen gedaan in mijn leven. Tegenwoordig ben ik kunsthandelaar. Ik handel ook in zeldzaam antiek. Momenteel concentreer ik me op mijn schrijven."

"Wat schrijf je?" zij vroeg.

'Een memoires. Ik beweer niet dat ik een beroemd of belangrijk iemand ben. Maar ik heb een aantal verhalen te delen. Het zou zonde zijn als niemand ze zou horen. Ik werk ook aan een aantal fictieboeken.'

'O, dat klinkt interessant. Misschien kan ik ze ooit lezen. Ik lees graag biografieën en memoires.'

Paul glimlachte even.

'Ik denk niet dat je geïnteresseerd zou zijn.'

"Waarom niet?"

'Het is een gok. Maar wie weet? Soms heb ik het mis als het om deze dingen gaat.'

'Oké,' knikte Cristina ongemakkelijk.

Paul stond op en liep naar Cristina toe.

Zij begreep het en stond ook op.

Paul was bijna dertig centimeter groter dan zij.

Zijn lichaamsbouw torende hoog boven Cristina's dunne, tengere lichaam uit.

Hij stak zijn hand uit en ze schudden elkaar de hand.

"We hebben officieel een deal", zei hij. 'Ik verwacht de eerste maaltijd morgen om 11.30 uur. Kom niet te laat. Ik tolereer geen ongehoorzaamheid.'

Ze slikte.

"Ja meneer."

HOOFDSTUK 3

Cristina was nog steeds onder de indruk van de ontmoeting met Paul.

Hij ging op bed liggen en keek naar het plafond.

Het aanbod leek te mooi om waar te zijn.

Het was bijna ongelooflijk.

Maar ik was bang dat het een wrede grap was, dacht ik.

Hij pakte zijn telefoon en belde zijn moeder.

Zijn moeder beantwoordde zijn telefoontjes altijd met slechts een paar keer overgaan.

Toen hij de telefoon opnam, verspilde Cristina geen tijd en legde hem alles uit.

Geen detail werd gespaard.

Cristina vertelde haar moeder alles over het aanbod en alle gevoelens die ze had toen ze Paul ontmoette.

'Dat is geweldig,' antwoordde haar moeder.

'Ik weet het. Het is een beetje gek, toch? Maar ik geloof dit allemaal pas als ik jouw geld in mijn hand heb. Tot die tijd kan ik me het ergste voorstellen.'

'Concentreer je op positieve gedachten, Cristina. Je bedrijf gaat eindelijk van start.'

'Ik hoop het. Ik bedoel, honderd dollar per dag voor twee maaltijden? Zelfs als hij me volgende week ontslaat, zal ik nog steeds blij zijn dat ik zoveel geld heb verdiend.'

"Daar zou ik me geen zorgen over maken."

"Wat bedoel je?" vroeg Cristina.

"Blijkbaar beschikt Paul over goede financiële reserves."

'Ik besefte het. Zijn huis was als een museum.'

'Daar heb je het. Je hoeft je geen zorgen te maken dat zijn financiën opdrogen. Houd hem gewoon tevreden met heerlijke maaltijden, geweldige service en kom niet te laat.'

"Wat weet jij over die kerel?" vroeg Cristina op serieuzere toon. "Het lijkt een beetje raar, nietwaar?"

Zijn moeder dacht even na.

'Op de een of andere manier heb ik hem maar één keer op een feestje ontmoet. Hij is een heel slimme kerel. No-nonsense. Ongecompliceerd.'

'Hij is het zeker,' grapte Cristina.

'Onderschat hem echter niet. Hij is blijkbaar een schatje bij de dames.'

"Echt?"

'Dat heb ik gehoord. Zorg ervoor dat je uit de buurt blijft van zijn onweerstaanbare charme,' grapte hij.

"Heel grappig," antwoordde Cristina. 'Maar absoluut niet mijn type. Te oud. En te saai.'

"Ik ben blij dat uw bedrijf een goede start heeft gemaakt."

"We zullen zien."

'Concentreer je op positieve gedachten, Cristina.'

HOOFDSTUK 4

Weken gingen voorbij.

Cristina had al tientallen maaltijden voor Paul bereid.

En ze had in die tijd duizenden dollars verdiend.

De dagelijkse routine was altijd hetzelfde.

S morgens vroeg opstaan.

Kok.

Plaats alles zorgvuldig in containers.

Breng hem 's ochtends vóór 11.30 uur naar het huis van Paul.

Wees nooit te laat.

En wees nooit ongehoorzaam.

Op een dag werd Cristina gevraagd de lunch, die ze had meegebracht, op een bord in de keuken klaar te maken.

Dus deed ze het.

Het was de eerste keer dat ik klusjes uitvoerde in de keuken van Paul.

Ze was trots op haar eten.

Hij wist dat het goed smaakte, ook al had Paul hem er nooit een compliment over gegeven.

Hij kwam in vrijetijdskleding de trap af.

Zoals altijd was zijn gezicht bijna uitdrukkingsloos.

Hij keek naar het eten dat op de eettafel werd gepresenteerd en nam niet de moeite om er commentaar op te geven.

"Moet ik nu gaan?" vroeg Cristina ongemakkelijk.

'Blijf even. Er is iets dat ik je wil vragen.'

"Goed."

Paul zat aan de eettafel terwijl Cristina bleef staan.

"Welke andere diensten biedt u aan?" vroeg. "Behalve koken."

Cristina was verrast en bleef bij haar standpunt.

Hij zette zich schrap voor meer vooruitgang.

Ik was voorbereid op seksuele intimidatie.

"Ik bied een eerlijke cateringservice. Ik kook gastronomische maaltijden. Dat is alles. Als u op zoek bent naar andere diensten, raad ik u aan ergens anders te zoeken."

"En waarom is dat?" vroeg hij streng.

'Eerlijk gezegd ben je niet mijn type.'

'Jij bent ook niet mijn type.'

Ze voelde zich nog meer beledigd.

'Kijk, ik denk dat onze regeling goed werkt. Laten we dat zo houden. Al het andere zal niet werken.'

'Denk je dat ik om seksuele gunsten vraag?' vroeg.

Christina verstijfde.

"Is dit niet zo?"

"Ik geloof het niet."

Zijn gezicht werd bietrood.

"O, het spijt me meneer."

'Vergeet het maar,' antwoordde hij. 'Ik vraag het omdat mijn dienstmeisje binnenkort met pensioen gaat. Als u tijd over heeft, kunt u mij misschien helpen met mijn schoonmaakwerkzaamheden.'

"Wat moet ik doen?"

"Niets moeilijks. Maak de vaat schoon. Houd alles schoon."

'Daar moet ik over nadenken.'

'Je wordt natuurlijk goed gecompenseerd,' antwoordde hij. 'En maak je geen zorgen, ik zal je niet om seks vragen. Je bent niet mijn type.'

Ze bloosde opnieuw.

'Het spijt me van eerder. Maar ik zal erover nadenken. Waarom niet?'

"Overweeg alstublieft het aanbod. Mijn werk verloopt vlot en ik zou wat hulp bij het onderhoud van het huis op prijs stellen."

'Je gaat niet veel uit, hè?'

"Ik heb al de wereld rondgereisd en alles gezien", antwoordde hij. "In dit deel van mijn leven concentreer ik me op mijn schrijven. Soms ga ik uit. Ik hou nog steeds van sporten. Maar ik wil me geen zorgen maken over het huishouden. Je lijkt me een capabele jonge vrouw, dus ik bied je aan extra werk."

Cristina knikte met haar hoofd.

'Dat is heel genereus van je.'

"Met het extra geld zou je een nieuwe garderobe en een nieuwe auto kunnen kopen."

Ze voelde zich een beetje overstuur door die opmerking.

'Ik begrijp het. Ik heb geld nodig. Je hoeft het niet in mijn gezicht te wrijven.'

"Ik probeerde het niet."

'Oké. Ik zal het doen. Ik zal wat extra schoonmaakwerkzaamheden voor je doen.'

'Uitstekend,' antwoordde hij met een zeldzame glimlach. "We zullen de grond later bespreken."

Ze liep naar Paul toe en stak haar hand uit voor een handdruk.

Paul stond op als een heer en schudde haar de hand.

De deal was bezegeld.

TWEEDE DEEL
DE GESLOTEN DEUR

HOOFDSTUK 5

Cristina slaagde erin enkele andere klanten te vinden voor enkele kleine klussen.

Maar het meeste van zijn werk werd voor Paul gedaan.

Ze bereidde haar maaltijden elke dag van de week.

Na verloop van tijd begon ze meer werk voor hem te doen.

Voor wat extra geld deed ze kleine schoonmaakklusjes.

Cristina was altijd een ongeorganiseerd persoon geweest als het op huishoudelijk werk aankwam, dus vond ze het ironisch dat ze het huishouden voor iemand anders deed.

Maar het geld was goed, dus het kon hem niets schelen.

De vaat moest op een bepaalde manier worden schoongemaakt en gerangschikt.

De ramen moesten brandschoon zijn.

Het meubilair moest stofvrij zijn.

Paul maakte de vloeren zelf schoon.

Paulus was een heel bijzonder persoon.

En die eigenschappen maakten Cristina soms gek.

Maar het geld was goed.

In zekere zin was Cristina er trots op Paul te helpen.

Op de een of andere vreemde manier had ik het gevoel dat ik Paul hielp zijn doel te bereiken: zijn boeken kunnen schrijven.

Ze gaf om hem als persoon.

HOOFDSTUK 6

De eettafel was netjes.

De lunch werd bereid.

Cristina keek naar het bord en bewonderde haar prachtige werk.

De culinaire school was het waard geweest.

Hij kon niet wachten tot Paul het probeerde, ook al gaf Paul nooit complimenten.

Paul was ongewoon laat voor het avondeten.

Hij was nooit te laat.

De deur boven stond een stukje open en Cristina luisterde verwoed naar het toetsenbord dat werd gebruikt.

Ze wist dat hij het nog steeds druk had.

Ze liep naar de trap en dacht erover na of ze hem moest bellen of niet.

Ze wilde haar werk niet onderbreken.

Maar ze wist dat Paul een man was die orde nodig had.

Misschien ben je de tijd uit het oog verloren?

Toen zag ze haar.

Bij de trap stond de deur open, een beetje open.

Het was een kamer waarvan Paul had gezegd dat deze verboden was.

Paul wilde dat ik alle kamers schoonmaakte, behalve die kamer.

Cristina's nieuwsgierigheid bereikte een hoogtepunt.

Boven hoorde ik Paul nog schrijven.

Ze wilde een kijkje nemen in de geheime kamer.

Ik wilde de kleine geheimen van Paul weten , hoe klein ook.

Ze was in hem geïnteresseerd.

Ze was geïnteresseerd in de man die ze al weken diende.

Hij deed een paar rustige stappen richting de deur.

Ze stak haar hoofd naar binnen.

De kamer was donker.

Hij zette de lichtschakelaar aan en de kamer werd helder verlicht.

Tot Cristina's verbazing was de slaapkamer de minst elegante plek in het huis.

Maar alles leek op antiek.

Hij liep naar binnen en keek om zich heen.

Er waren verschillende houten en metalen apparaten.

De ontwerpen leken uit de middeleeuwen te komen.

De apparaten leken groot genoeg voor een persoon om op te zitten of te liggen.

Aan de muur hingen verschillende zwepen en kettingen.

Er lagen veel touwen op een nabijgelegen tafel.

Cristina gebruikte haar vinger om een metalen apparaat aan te raken.

Ze gaf hem haar vinger en keek hem aan.

Het topje van zijn vinger was bedekt met een fijn laagje stof.

De kamer was al een hele tijd niet meer gebruikt.

'Je hoort hier niet te zijn,' zei Paul van achteren.

Cristina werd overrompeld door het geluid van zijn stem en sprong.

Ze draaide zich om en zag Paul bij de deur staan.

"Oh het spijt me."

'Heb ik niet gezegd dat deze kamer buiten je taken valt?' vroeg hij terwijl hij nonchalant naar binnen liep.

'Dat weet ik. Maar hij stond open en ik was nieuwsgierig. Ik dacht dat je misschien wilde dat ik hem schoonmaakte.'

'Nee. Ik was van plan het later zelf schoon te maken.'

Cristina slikte.

'Je eten is klaar. Het begint koud te worden.'

'Het kan wachten,' antwoordde hij, terwijl hij de kamer binnenliep om naar de apparaten te kijken. "Je moet je afvragen waar dit allemaal over gaat."

"Het lijkt op een middeleeuwse martelkamer."

'Je hebt bijna gelijk. Sommige van deze dingen zijn eeuwen geleden in de middeleeuwen gebouwd. Maar niet noodzakelijkerwijs voor marteling.'

"Waarvoor dan?"

'Plezier. Seksueel genot,' antwoordde hij botweg.

Christina was verrast.

'Ik kan me niet voorstellen hoe. Deze dingen zien er zo pijnlijk uit.'

"Dat is het punt."

'Dus het zijn eigenlijk bondage-apparaten?'

Hij knikte.

"Deze fetisjen bestaan al eeuwen. Kun je geloven dat deze apparaten zijn gebouwd voor koninklijke families en adel?"

'Het zou mij niet verbazen. De meeste rijke mensen zijn een beetje verdorven.'

Hij trok een wenkbrauw op.

"Is dat ook voor mij?"

'O nee, ik bedoelde niet jou,' liep ze snel achteruit.

"Ik maakte maar een grapje."

Cristina ontspande zich.

'Natuurlijk. Waarom liggen al die spullen dan in deze kamer opgesloten? Waarom verkoop je ze niet aan een museum of zoiets?'

'Misschien ooit. Maar voorlopig schrijf ik erover in mijn boek. Ik was ook van plan er foto's van te maken. Daarom was de kamer open.'

'Je boek moet interessant zijn.'

'Ik hoop het,' antwoordde hij. "Ik heb over seks geschreven. Het soort seksuele overheersing en slavernij."

Cristina trok haar wenkbrauwen op.

'Echt? Je lijkt me niet het type man voor dat soort dingen.'

"Dus, op wat voor soort man lijk ik?"

'Ik weet het niet. Zacht. Aardbei. Niet beledigend bedoeld.'

"Niet beledigend bedoeld", antwoordde hij. "Jaren geleden was ik een heel ander persoon. Ik was niet altijd zo teruggetrokken."

"Wat veranderde?"

Paul wreef met zijn vingers over een metalen apparaat.

'Het is een lang verhaal. Je kunt mijn boek lezen als ik klaar ben met schrijven.'

'Nou, ik kijk er naar uit. Het klinkt alsof je een aantal interessante verhalen te vertellen hebt.'

'Weet je wat een meester is?' vroeg.

'Alleen de basis,' haalde hij zijn schouders op. 'Een man die de baas is over vrouwen. Zwepen. Kettingen. Slaan. Dat soort dingen, toch?'

'Zoiets. Ik ben een meester geweest voor veel onderdanige vrouwen. Mooie vrouwen met duistere verlangens.'

'Heb je ze geraakt?' vroeg ze nieuwsgierig.

"Soms."

"Wat is er mis met deze apparaten?" zij vroeg. 'Heb je ze ooit op je slaven gebruikt?'

"Af en toe. Maar de methoden zijn niet belangrijk. Het gaat niet om het slaan of de apparaten. Het gaat om overgave. Ze geven mij hun lichaam. En ik doe met ze wat ik wil. Uiteindelijk is het plezier wederzijds."

Cristina was even stil.

Hij keek Paul recht in de ogen en wist dat elk woord dat hij zei waar was.

Ze wist dat Paul er ervaring mee had.

Ze wist dat het iets was dat Paul graag nog een keer wilde doen.

'Je eten wordt koud,' zei hij.

"Is dat het enige waar je om geeft?"

Ze verstijfde even.

'Nou, voor de catering heb je mij ingehuurd, toch?'

'Je bent een slimme meid,' zei hij met een lichte glimlach. "Ik begin je aardig te vinden."

Paul liep naar haar toe en gaf Cristina een vriendelijk schouderklopje.

Vervolgens draaide hij zich om en verliet de kamer, terwijl Cristina in de war raakte door de ongemakkelijke ontmoeting.

Ze volgde hem naar de eetkamer en keek hoe hij at.

HOOFDSTUK 7

Later diezelfde avond.

Het was het telefoontje waarvan Cristina de afgelopen maanden had gevreesd dat het zou komen.

"Als?!" vroeg Cristina.

'Het is eindelijk zover,' antwoordde zijn moeder. 'Je vader en ik zullen je niet langer financieel ondersteunen. We vinden dat je oud genoeg bent om voor jezelf te zorgen.'

'Je beseft toch wel dat wonen in de stad duur is, toch?'

'Lieverd, niemand dwingt je om in de stad te gaan wonen. Je kunt altijd dichter bij huis gaan wonen en iets goedkopers zoeken om in te wonen.'

'Nee, dank je,' zuchtte Cristina.

'Ik weet niet waarom je zo verrast doet. Ik heb je de afgelopen maanden gewaarschuwd. Toen ik zo oud was als jij, heb ik...'

"De tijden zijn veranderd mama. Heb je het nieuws gezien? Deze economische situatie is moeilijk. De kosten van levensonderhoud zijn waanzinnig"

'Maar je bedrijf loopt goed,' antwoordde haar moeder.

"Nauwelijks."

"Je moet wat meer zakelijk inzicht hebben als je succesvol wilt zijn. Er zijn zoveel potentiële klanten in de stad. Het enige wat je hoeft te doen is ze te vinden. Je bent een geweldige kok en een goed mens. Ik heb er vertrouwen in jij, Christina."

"Ja, je hebt gelijk. Ik zat erover te denken om contact op te nemen met verschillende bedrijven om te kijken of ze feestcatering nodig hebben."

"Dat is de ondernemerszin", reageerde zijn moeder trots.

"Was het leven maar zo gemakkelijk."

'Er ontstaan goede dingen als je volhardt. Nu we het er toch over hebben: werk je nog steeds samen met Paul? Hoe gaat dat?'

'Het gaat goed,' zei Cristina vaag.

'Nou? Dat is het? Nog interessante details?'

'Niet echt. Ik kook vijf dagen per week voor hem . Hij betaalt me veel geld voor de service die ik lever. Hij is een beetje een vreemde kerel.'

'Kijk eens wie er praat,' grapte zijn moeder.

"Grappig."

'Ik maak maar een grapje. Je hebt gelijk. Paul lijkt een beetje afstandelijk. Maar hij is wel een slimme jongen.'

"Hij is absoluut een interessant persoon", antwoordde Cristina. 'En hij houdt mij aan het werk. Dus ik mag niet klagen.'

"Dat zou jij ook niet moeten doen. Als je wilt dat je bedrijf groeit, moet je je klanten altijd tevreden achterlaten. Dat heeft voor mij altijd gewerkt."

Cristina bleef even staan.

'Weet je, je bracht me net op een idee.'

'Ik weet niet zeker of ik dat wel leuk vind klinken.'

"Bedankt mama. Jij bent de beste."

'Nou, zorg goed voor jezelf, Cristina. Ik steun je altijd. Ik hou van je.'

"Ik hou ook van jou mama."

Nadat het gesprek was beëindigd, had Cristina een vastberaden gevoel.

Ze was vastbesloten om te slagen zonder de hulp van haar ouders.

HOOFDSTUK 8

De volgende dag.

Cristina wachtte aandachtig terwijl Paul zijn lunch at.

Ze maakte de keuken schoon en deed wat huishoudelijk werk voor hem.

Toen Paul klaar was met eten, keerde ze terug naar de eetkamer en nam het bord van hem over.

Voordat Paul de kans kreeg om te vertrekken, stond ze respectvol voor de eettafel.

'Ik heb nagedacht,' zei Cristina met haar handen ineengeslagen. "Deze regeling heeft heel goed uitgepakt. Ik heb het grootste deel van uw maaltijden en het huishouden verzorgd , zodat u zich op uw werk kunt concentreren."

Paul leunde achterover, wetende dat er een voorstel zou komen.

'Daar ben ik het mee eens. Dit heeft goed gewerkt. Beter dan ik had verwacht.'

'Dus, hoe zou je het vinden als ik mijn taken hier zou willen uitbreiden? Voor extra geld natuurlijk.'

'Je doet al meer dan ik nodig heb. En ik betaal je al een buitengewoon genereus salaris.'

'Dat waardeer ik,' zei Cristina beleefd. 'Maar jij zou er meer baat bij hebben als ik meer dingen voor je zou doen. De aanraking van een vrouw helpt een alleenstaande man altijd.'

Paulus dacht even na.

'Het is een interessant punt. Ga door.'

'Ik weet zeker dat ik nog veel meer dingen voor je kan doen.'

"Zoals?"

Cristina dacht even na.

'Nou, dat is aan jou. Misschien kan ik die apparaten in de afgesloten kamer schoonmaken. Die kamer was stoffig. Ik zou wat extra schoonmaakwerk kunnen doen. En misschien kan ik een feestje voor je geven.'

"Waarom ben je opeens zo geïnteresseerd in meer geld?" vroeg Paulus.

"Ik denk dat je zou kunnen profiteren van de aanraking van een vrouw. Denk eens aan alle feestjes die je zou kunnen geven. Mensen zouden dol zijn op het eten. Je sociale leven zou geweldig zijn."

'Vertel me de waarheid. Waarom heb je extra geld nodig?'

Cristina wachtte even.

'Mijn ouders willen me geen geld meer geven. En de huurprijzen in deze stad zijn overweldigend. Als ik hier nog iets anders moet doen, doe ik dat graag.'

Paul knikte meelevend.

'Ik vind je leuk als persoon, Cristina. Je werkt hard en hebt er plezier in. Maar ik ga je geen gratis geld geven, vooral niet als ik je al rijkelijk betaal.'

'Ik begrijp het,' antwoordde Cristina, in een poging haar verdriet te bedwingen. 'Bedankt dat je naar me hebt geluisterd. Ik kom morgen terug.'

"Ik heb mijn laatste punt nog niet bereikt", voegde hij eraan toe. 'Ik zal proberen iets te bedenken. Iets dat past bij jouw vaardigheden en eigenschappen. Als ik iets vind, laat ik het je weten, en dan word je ervoor beloond. Klinkt dat eerlijk?'

Ze lachte.

"Klinkt goed".

HOOFDSTUK 9

De dagen gingen voorbij.

Paul heeft nooit een bod gedaan.

Cristina heeft het hem nooit gevraagd, omdat ze hem niet lastig wilde vallen.

Ze maakte Pauls lunch klaar zoals ze normaal deed.

Paul kwam eerder dan normaal naar de eetkamer.

Hij zat te wachten terwijl Cristina nog alles aan het voorbereiden was.

'Het ziet er goed uit,' zei hij toen Cristina het bord met eten bracht.

Het voelde echt als een raar moment voor hem om haar te feliciteren.

'Dank je. Het is gebraden lamsvlees met gebakken groenten.'

Paul ging naast hem zitten.

'Ga zitten. Er is iets dat ik met je wil bespreken.'

Cristina ging zitten en wachtte op wat hij te zeggen had.

'Ik heb nagedacht over uw verzoek om meer werk,' zei hij. "Vooral over de behoefte aan een vrouwelijk tintje hier. Hoe dan ook, ik zal maar meteen met de deur in huis vallen, ik zou een aantal van jou wel kunnen gebruiken als inspiratie voor mijn schrijven."

"Inspiratie? Hoezo?"

'Misschien kun je voor me poseren. Ik heb de laatste tijd last van een writer's block en iets om naar te kijken kan misschien helpen.'

Cristina keek bezorgd.

'Weet je zeker dat je niet wilt dat ik een feestje voor je geef of zo? Dat werkt waarschijnlijk beter.'

'Ik heb geen zin in een feestje,' antwoordde hij terwijl hij achterover leunde in zijn stoel. 'Het spijt me, ik vroeg het alleen. Het was ongepast.'

Ze dacht even na.

"Hoeveel geld zou u bieden?"

"Het hangt er vanaf."

"Van?"

'Van het werk dat je gaat doen,' zei hij. 'Ik heb nog nooit een model ingehuurd. Maar ik weet dat het zou helpen bij het schrijven.'

"O, nou, dat zal ik in gedachten houden."

'Niet doen. Het was een vergissing om het te vragen. Als je het niet erg vindt, wil ik nu graag eten. Ik heb later andere dingen te doen.'

"Ik zal dat doen!" snauwde Cristina.

"Dat?"

'De modellenbaan die je me hebt aangeboden. Niemand zal het weten, toch? Het blijft strikt tussen ons, toch?'

'Dat klopt,' beaamde hij. 'Er zal geen verslag van zijn. Ik heb alleen de inspiratie nodig.'

"Ik ben geïnteresseerd."

Paul slaakte een lichte zucht.

'Ik denk niet dat je het begrijpt. Ik was overhaast met mijn aanbod. Ik denk niet dat mijn smaak bij jou past.'

"Waarom niet?"

'Omdat je er zo ongemakkelijk uitzag in de dominantiekamer.'

Cristina was een beetje verrast.

Hij realiseerde zich plotseling dat Paul inspiratie zocht voor zijn overheersingsverhalen.

Maar hoe dan ook , hij dacht aan het geld.

'Ik kan leren om me daar prettig bij te voelen', antwoordde ze. 'Geef me gewoon de tijd. Zolang niemand het weet, komt alles goed met mij.'

Paul keek hem lang en sceptisch aan.

'Zoals je wilt. Kom hier morgenochtend om half acht. Vanaf dan zullen we het wel uitzoeken.'

"Bedankt."

Cristina stond op en strekte haar hand uit voor een handdruk.

Paul stak zijn hand uit en schudde haar de hand.

HOOFDSTUK 10

Later diezelfde avond.

Cristina was in de keuken bezig met het bereiden van de maaltijden voor de volgende dag.

Ze wist dat ze daar de volgende dag geen tijd voor zou hebben, aangezien Paul verwachtte dat ze er om half acht 's ochtends zou zijn.

Nadat alles was voorbereid, keek Cristina in de spiegel.

Ze vroeg zich af of ze mooi genoeg was om voor Paul model te staan.

Hij vroeg zich af welke verrassingen er in de kamer waren.

Of het nu lief zou zijn of niet.

En hij vroeg zich af over hoeveel geld we het hadden.

Paul was altijd genereus geweest met financiële betalingen.

Bovenal vroeg hij zich af hoeveel overheersing Paulus wilde zien.

Cristina's rationele kant beheerste de situatie: geld is goed.

En niemand zal het ooit weten.

Mijn kleine geheimpje met Paul.

Ze kleedde zich uit en paste een paar mooie outfits voor de slaapkamerspiegel.

Uiteindelijk koos ze voor een eenvoudige gele jurk.

Het was niet al te onthullend.

En hij was ook niet al te preuts.

Het was het juiste midden.

Ze borstelde haar haar en dacht na over hoeveel make-up ze moest gebruiken.

Dus besloot ze het niet te doen.

Het zou de situatie te ongemakkelijk maken.

Alles was klaar.

Ze was klaar om te werken.

HOOFDSTUK 11

De ochtend van de volgende dag.

Cristina verscheen om kwart over acht bij Paul thuis.

Ze wilde er zeker van zijn dat ze van tevoren voorbereid was.

Ze droeg haar gele jurk.

Haar haar was netjes gekamd en haar gezicht was vrij van make-up.

Ze was van nature al mooi.

Nadat Cristina de bakjes met voedsel in de koelkast in de keuken had geplaatst, gingen ze samen in de privékamer op de houten apparaten zitten.

"Wat heb je in gedachten?" vroeg Cristina.

'Dat hangt ervan af. Wat zijn je grenzen?'

Cristina haalde haar schouders op.

'Ik weet het niet. Ik heb dit soort dingen nog nooit eerder gedaan.'

'Dan denk ik dat we er beter achter kunnen komen.'

Cristina's ogen speurden opnieuw even de kamer af.

Het was de saaiste kamer van het huis.

De muren waren glad.

Maar er waren oude apparaten in verschillende maten en vormen.

Ze zagen er allemaal zo intimiderend uit.

"Ik zal een open geest houden", zei hij. 'Maar ik hou niet van pijn. En ik wil niet dat je me te snel duwt . Je hoeft je niet te haasten. Oké?'

Hij knikte.

"Bedankt dat je duidelijk bent. Je moet weten dat ik een heel geduldige man ben. Ik heb dit jarenlang gedaan met talloze onderdanige vrouwen. Ik zal nooit harder pushen tenzij zij er klaar voor is."

Die woorden stuurden een vreemd gevoel door Cristina's ruggengraat.

Ik kon niet stoppen met denken aan de uitdrukking 'onderdanige vrouwen'.

Binnen een mum van tijd besefte ze dat ze wel eens in dezelfde positie zou kunnen verkeren als die 'onderdanige vrouwen'.

'Oké,' knikte ze. 'Bedankt. Hoe moeten we beginnen?'

Paul stond op en liep langzaam door de kamer, terwijl hij naar elk van de apparaten keek terwijl Cristina in een ingetogen houding zat.

Hij bekeek elk apparaat op een manier die Cristina zenuwachtig maakte.

'Ben je ooit eerder vastgebonden geweest?' vroeg Paulus.

Cristina schudde haar hoofd.

"Duidelijk niet."

"Zou je graag willen zijn?"

"Ik weet het niet."

Hij gebaarde naar de houten tafel.

"Waarom niet proberen?"

'Ik weet het niet,' haalde ze zenuwachtig haar schouders op.

'Is dit te veel voor je? Ik moet iets zien ter inspiratie. Jou daar zien zitten, zal me niet veel helpen.'

Cristina stond langzaam op en haalde diep adem.

"Ik zal doen wat je wilt."

'Weet je het zeker? Cristina, ik wil niet dat je iets doet waar je je niet prettig bij voelt. Ik kan andere manieren vinden om je te betalen.'

Ze haalde nog een keer diep adem.

'Nee, dat weet ik zeker. We hebben een overeenkomst bereikt om model te staan, en ik ben van plan verder te gaan.'

"Weet je het zeker?"

"Ja, helemaal."

'Ga dan liggen,' zei Paul, wijzend naar de houten tafel.

De tafel zag er pijnlijk ongemakkelijk uit.

Het zag er oud en rustiek uit.

Maar het was zo laag dat iemand er gemakkelijk op kon liggen.

Aan weerszijden van de tafel lagen oude metalen staven, wat Cristina een ongemakkelijk gevoel gaf.

Hij zette zijn gevoelens opzij en leunde achterover op de tafel.

Het was pijnlijk en ongemakkelijk, zoals ze had verwacht.

Ze was ervan overtuigd dat de tafel bedoeld was voor marteling, niet voor plezier.

Hij vroeg zich af hoe iemand aan zoiets plezier kon beleven.

Hij ging in het midden van de tafel liggen en keek recht naar het plafond.

'Ik ga je polsen vastbinden,' zei hij, terwijl hij zich boven haar hoofd boog.

Ze bleef een ogenblik stil terwijl ze naar Pauls gestalte keek die over haar heen stond.

'Oké,' antwoordde ze, terwijl ze haar polsen omhoog hield. "Vooruit."

Paul pakte voorzichtig haar polsen vast en bracht ze naar de metalen staaf op tafel.

De bar was koud zoals ze had verwacht.

De textuur op zijn huid was niet erg glad, wat een teken was dat de reep lang geleden werd gemaakt, vóór de moderne machines.

Hij voelde dat zijn polsen met een dik touw aan de stang werden vastgebonden.

Cristina nam niet de moeite om te kijken.

Ze hield haar ogen op het plafond gericht.

"Doet pijn?" vroeg.

"Ik voel me niet lekker."

Zijn voetstappen waren door de hele kamer te horen.

Cristina nam niet de moeite om naar Paul te kijken.

Maar hij vroeg zich af wat Paulus dacht.

Haar zien in een mooie jurk, met haar polsen vastgebonden, moet spannend zijn voor Paul, dacht hij.

'Vertel het me nog eens,' zei hij. "Wat is je limiet?"

Ze slikte.

'Doe mij gewoon geen pijn.'

"Mag ik je jurk openmaken?" vroeg hij met zachte stem.

"Nee niet dat."

'Dan neem ik aan dat je andere grenzen hebt,' antwoordde hij met een licht gevoel van geamuseerdheid.

"Volgens mij wel."

"Kan ik je aanraken?" vroeg. 'Het is prima als je weigert. Maar aangezien we zo ver zijn gekomen, zie je er zeker aantrekkelijk uit.'

'Als je wilt,' antwoordde hij verlegen.

'Het gaat niet om wat ik wil. Het gaat om waar jij je prettig bij voelt.'

Hij worstelde een ogenblik met zijn gedachten.

'Daar voel ik me prettig bij. Het is oké. Ga je gang, als je wilt. Ik bedoel, ik voel me daar prettig bij.'

'Weet je het zeker, Cristina? Ik wil geen druk op je uitoefenen als je je niet op je gemak voelt.'

"Zolang je, weet je..."

'Zolang ik je maar financieel compenseer?' vroeg hij half geamuseerd.

Door zijn toon en frasering voelde Cristina zich nog ongemakkelijker.

"Ja," antwoordde ze.

"Daar hoeft u zich geen zorgen over te maken".

Cristina verwachtte als antwoord een meer sarcastische grap, maar Paul was uitgepraat.

Hij liep naar haar toe terwijl ze op de tafel bleef liggen.

Cristina zag hem naar haar lichaam kijken.

Ze was duidelijk zenuwachtig.

Ze wist niet wat hij van plan was.

Zijn ogen feestten en dwaalden over haar lichaam.

Eindelijk werd besloten.

En hij maakte zijn zet.

Paul bukte zich en raakte Cristina's knie aan.

Het was een plotselinge aanraking die haar verraste.

Ze huiverde.

"Gaat het, Christina?"

'Het gaat goed met mij. Dat had ik gewoon niet verwacht.'

Hij liet zijn hand verder langs haar dij glijden.

Zijn hand gleed dieper totdat hij onder haar gele rok lag.

Cristina voelde zich er ongemakkelijk bij, maar ze voelde ook tintelingen tussen haar benen.

Zijn ogen bleven op het plafond gericht.

'Vind je het erg als we verder gaan?' vroeg. "We zijn al zo ver gekomen."

'Ga je gang. Het maakt me niet uit.'

"Weet je het zeker?"

"Ik ben er zeker van."

Paul tilde Cristina's rok op en duwde haar omhoog.

Haar slipje was zichtbaar.

Paul schoof zijn hand onder Cristina's slipje.

Natuurlijk huiverde ze opnieuw, maar ze hield zich in.

Pauls hand wreef over zijn kruis.

Cristina's lichaam en voeten spanden zich.

'Je moet ontspannen,' zei Paul. "Anders zal dit niet veel goeds opleveren."

"Goed."

Cristina deed er alles aan om haar lichaam te ontspannen.

Zijn ogen bleven op het plafond gericht.

Ze schaamde zich te beschaamd om naar Paul te kijken.

Ze liet hem gewoon haar kruis strelen.

Ze hapte naar adem terwijl Paul met haar clitoris speelde.

Het was een zet die ik niet had verwacht.

Zijn natuurlijke instinct was om zijn hand uit te steken en weg te duwen, zichzelf vervolgens te bedekken en Paul vervolgens in zijn gezicht te slaan, maar de touwen om zijn polsen zaten strak.

Ze gaf een zacht rukje, maar het mocht niet baten.

"Probeer je eruit te komen?" vroeg Paulus. 'Als je uit wilt gaan, vertel het me dan gewoon, dan maak ik je meteen los.'

'Het spijt me. Het was een reflexmatige reactie.'

'Nou, reageer niet zo. Dat is niet de reactie die ik wil.'

"Het is goed, het spijt me."

Pauls vingers bewogen in een woedende cirkelvormige beweging over haar gezwollen clitoris.

Cristina had geen andere keuze dan naar adem te snakken.

Ze was te geschokt om haar gevoelens te beheersen.

De vingers stopten niet.

Het was een leuk genoegen.

Ze sloot haar ogen en genoot van Paul's plezier.

Het was een tintelend gevoel dat door zijn lichaam stroomde.

'Ik zie dat je er dichtbij bent,' zei hij. 'Ontspan. Het is bijna voorbij.'

Met haar ogen nog steeds gesloten, stond Cristina zichzelf toe om van Paul's vingers te genieten terwijl ze verrukten over haar delicate kleine clitoris.

Er gingen enkele ogenblikken voorbij voordat Cristina's vingers verstijfden.

Korte, hijgende geluiden ontsnapten aan zijn lippen.

Zijn ogen kneep zich dicht.

Zijn spieren spanden zich samen.

Het was een orgasme dat alle spanningen in haar leven verdienden.

Eindelijk ontspande haar lichaam en haalde Paul zijn hand uit haar slipje.

Hij bracht haar jurk terug naar de juiste positie.

Ze klopte Cristina op de dij, alsof ze iets goed had gedaan.

'Je hebt er zeker van genoten,' zei Paul terwijl hij haar polsen begon los te maken.

Cristina voelde zich bevrijd.

Ze ging rechtop staan en wreef over haar polsen, die een beetje rood en pijnlijk waren van het touw.

Het orgastische gevoel hielp de pijn tegen te gaan.

'Ik vond het leuk,' antwoordde ze. 'Het was leuk. Echt leuk. God, ik heb me al een hele tijd niet meer zo gevoeld. Ik bedoel, niet zo goed als jij het hebt gemaakt.'

"Ik ben blij dat je ervan genoten hebt. Het bracht veel herinneringen naar boven, die me zullen helpen bij het schrijven. Je was een geweldige kleine inspiratie voor mij."

"Ik ben altijd blij om tot uw dienst te staan."

'Uitstekend,' beaamde hij. 'Aan het einde van de maand zal ik zeker een bonus aan uw cheque toevoegen. Ik denk dat u hier vijfduizend dollar extra voor heeft verdiend.'

Verrassend genoeg voelde Cristina een gevoel van schaamte.

Ze wist dat Paul het goed bedoelde.

Hij waardeerde de extra vijfduizend, wat veel meer was dan hij had verwacht.

Maar een schuldgevoel overviel haar, alsof ze zojuist haar lichaam en haar seksualiteit voor gemakkelijk geld had verkocht.

Daardoor voelde ze zich onrein en vies.

'Ik ben geen hoer,' flapte ze eruit, waarna ze er meteen spijt van kreeg.

'Ik heb nooit gezegd dat je dat was.'

'Het spijt me,' antwoordde ze. "Ik waardeer echt alles. Maar ik heb mijn lichaam nog nooit zo gebruikt, weet je, om geld te verdienen."

Paul schudde zijn hoofd, teleurgesteld in zichzelf.

'Je hoeft geen spijt te hebben. Dit is mijn schuld. Ik heb je gehaast. Ik had je niet moeten vragen om voor mij model te staan.'

Cristina stond op en maakte haar jurk vast.

"Ik heb ervan genoten", zei hij. 'Echt waar. Maar het was een beetje vreemd voor mij. Misschien kunnen we het een andere keer doen? Alleen iets langzamer.'

'Dat denk ik niet. Dit is duidelijk niets voor jou.'

Cristina keek verlegen terwijl het gevoel van een orgasme nog steeds door haar lichaam stroomde.

'Ik ga nu je lunch klaarmaken,' zei hij.

'Ik kan het zelf. Jij kunt gaan.'

Ze knikte gehoorzaam.

"Ik ben blij dat we dit hebben gedaan."

'Ik ook,' antwoordde hij. 'Maar dit mogen we nooit meer doen. Tot maandag.'

Cristina knikte, wetende dat Paul al een vast besluit had genomen.

Er ontstond nu een subtiele ongemakkelijkheid tussen hen.

Nadat ze nog een paar woorden had gewisseld, vertrok ze en vroeg zich af wat Paul van haar dacht.

DERDE DEEL
DE NIEUWE BAAN

HOOFDSTUK 12

Later diezelfde avond.

Cristina zat achter haar computer en zocht naar manieren om nieuwe klanten te werven.

Hij stuurde minstens een dozijn e-mails naar verschillende bedrijven om zijn cateringbedrijf te promoten.

Ik verwachtte niet veel reactie, maar het was het proberen waard en ik had niets te verliezen.

De telefoon ging.

Het was zijn moeder die belde om het nog eens te controleren.

Ze hielden hun gebruikelijke praatje en er viel niet veel te zeggen.

"Mijn eigen bedrijf runnen is moeilijk", klaagde Cristina.

'Had je verwacht dat het gemakkelijk zou zijn?'

"Ik weet niet wat ik had verwacht. Ik vind het niet erg om hard te werken. Ik hou ervan om voor andere mensen te koken. Maar God, ik heb meer klanten nodig."

"In mijn ervaring is zakendoen wie je kent", antwoordde zijn moeder. "Veel zaken komen voort uit persoonlijke connecties. Ga dus erop uit en probeer nieuwe mensen te ontmoeten in plaats van online te zoeken."

"Het is logisch, denk ik."

'Ik denk het? Wanneer heb ik het mis?'

"Ik weet het niet."

'Klink niet zo depressief, Cristina,' zei haar moeder. "Veel mensen hebben moeite met een nieuw bedrijf. Blijf het gewoon proberen."

"Bedankt mam."

'Hoe gaat het met Paul? Betaalt hij je nog steeds rijkelijk?'

'Het is ingewikkeld,' zuchtte Cristina. "Maar ja, hij betaalt nog steeds goed."

"Hij lijkt me een ingewikkelde man."

'Je weet de helft nog niet.'

Er was een pauze aan de telefoon.

'Heeft hij iets met je geprobeerd?' vroeg haar moeder voorzichtig.

Cristina loog snel.

'Echt niet. Natuurlijk niet.'

'Je kunt me de waarheid vertellen. Ik ben er voor je.'

'Mam, hij is niet mijn type. Als hij ooit iets zou doen, zou ik hem op zijn hoofd slaan met wat hij die dag ook kookte.'

'Dat klinkt als de geest van de Cristina die ik ken,' grinnikte haar moeder.

'Hypothetisch gezien, wat als ik dat wel deed? Ik bedoel, hoe zou jij je erover voelen?'

'Als Paul iets zou doen?'

'Ja,' antwoordde Cristina. "Hoe zou jij je voelen?"

Er was weer een pauze aan de lijn.

'Ik denk dat het aan jou is. Als hij je mee uit heeft gevraagd, is dat jouw beslissing.'

"Echt?"

'Dat is jouw beslissing, Cristina. Maar als hij je kont zou proberen aan te raken in de keuken, dan zou ik willen voorstellen dat je wat van je beroemde hete saus over zijn hoofd giet.'

'Natuurlijk,' antwoordde Cristina met een sarcastische stem.

'Het lijkt alsof je iets in je hoofd hebt.'

'Niet meer. Bedankt mam, je bent de beste. Ik moet je verlaten.'

"Doei, ik hou van jou."

"Ik hou ook van jou mama."

Het gesprek eindigde en Cristina leunde achterover in haar stoel.

Ze dacht aan Paul en het orgasme dat ze die dag kreeg.

Hij herinnerde zich de gevoelens nog levendig.

Elke aanraking, elke emotie.

Het gevoel van hard hout tegen zijn lichaam.

Het gevoel van Paul's hand tegen haar kutje.

En vooral het orgasme.

Dominantie was nooit zijn ding, maar het voelde goed.

Hij zocht online en zocht naar verschillende termen.

Terwijl ze onderzoek deed, voelde ze zich weer een studente.

Hij deed verschillende onderzoeken naar slavernij en de geneugten ervan.

Ze bekeek verschillende afbeeldingen.

Dat windde haar weer op en ze liet een hand langs haar slipje glijden.

HOOFDSTUK 13

Op maandag in de ochtend.

Cristina deed haar best om er goed uit te zien toen ze naar het huis van Paul ging.

Ze droeg een blauwe jurk en haar haar was goed gekamd.

Paul lette niet veel op haar uiterlijk toen hij de deur opende om haar binnen te laten.

"Kunnen we praten?" vroeg Cristina. 'Over zaken, bedoel ik.'

"Natuurlijk."

'Geweldig. Wacht.'

Cristina zette het eten in de keuken en ging naar de ruime woonkamer waar Paul had gezeten.

Ze ging voor hem zitten.

'Ik heb het afgelopen weekend veel nagedacht', zei hij. "Over onze relatie."

'Ik ook,' zei hij en liet haar haar gedachten niet afmaken. "Ik denk dat we hier een einde aan moeten maken. Het is mij duidelijk dat onze zakelijke relatie in het gedrang is gekomen. Ik ben al op zoek gegaan naar een vervanger voor mijn huishoudelijke behoeften."

Cristina verstijfde even terwijl het nieuws langzaam tot haar doordrong.

'Wat? Nee. Dat is niet wat ik wilde.'

"Ik denk dat dit het beste is", antwoordde hij. 'Je bent een slimme jonge vrouw. Je zult je plek in deze wereld vinden.'

De verbijsterde blik bleef op zijn gezicht staan. "

Dit is niet wat ik verwachtte te horen. "Ik dacht dat ons gesprek heel anders zou verlopen."

"Wat had je verwacht?"

'Ik kwam hier om je te vertellen dat ik geïnteresseerd was om door te gaan met wat we afgelopen vrijdag hebben gedaan.'

Hij trok een wenkbrauw op.

'Echt waar? En waarom wil je dat?'

"Moet ik het echt zeggen?"

"Ja."

Ze haalde diep adem.

"Natuurlijk vind ik het leuk om hier te werken. Ik geniet van de voordelen. Ik vind je een geweldige baas, het beste wat ik kon hebben. En wat we vorige week in de huiskamer deden, vond ik erg leuk. Ik denk dat ik eerst bang was , maar ik heb veel nagedacht, en ik zou het niet erg vinden als we doorgingen."

"Interessant."

"Dus je denkt?" zij vroeg.

'Je bent niet zo verlegen als ik dacht. Ik had nooit verwacht dat je mij deze dingen rechtstreeks zou komen vertellen. Ik ben onder de indruk.'

Ze glimlachte, "dank je."

"Wat moet er nu gebeuren?"

'Ik weet het niet,' haalde hij ongemakkelijk zijn schouders op. 'Dat is aan jou. Maar ik zou graag willen dat onze zakelijke relatie voortduurt.'

'Wees dapper, Cristina. Vertel me wat er daarna gebeurt. Nu meteen. Ik wil weten waar je aan denkt. Verras me.'

Ze verzamelde al haar moed en keek Paul vastberaden aan.

Zijn lippen verstrakten en zijn neus kromp een beetje.

Haar ogen waren gericht op Paul, die stoïcijns was en wachtte tot ze iets gewaagds zou doen.

Cristina stond op en streek met haar handen over haar jurk.

Zijn vingers wikkelden zich om de bandjes van haar jurk.

Ze duwde de bandjes opzij en verschoof haar lichaam, waardoor de jurk op de grond viel.

Ze stond voor Paul in haar witte bh en slipje, met haar prachtige jurk om haar enkels.

"Wat ben je aan het doen?" vroeg hij emotieloos.

"Ik toon mijn toewijding aan het werk."

'Misschien heb je me verkeerd begrepen. Ik denk niet dat dit de juiste weg voor je is.'

'Je zegt niet dat ik moet stoppen,' antwoordde ze. 'En ik hoor jou ook niet klagen.'

Pauls ogen dwaalden over haar schaars geklede lichaam.

Ze had een gemiddeld postuur, een beetje mager.

Kleine borsten en smalle heupen.

Het was duidelijk dat hij zelden trainde omdat zijn spiertonus zwak was.

'Je bent behoorlijk aantrekkelijk,' merkte hij op.

Ze trok haar jurk uit en deed een paar stappen naar voren totdat ze recht voor Paul stond.

'Dit is de deal,' zei hij stoutmoedig. "De nieuwe deal. Ik zal je exclusieve aanbieder zijn. Ik zal ook je model zijn wanneer je denkt dat het nodig is. Je kunt me laten klaarkomen als je wilt. Als ik me echt goed voel, zal ik de gunst teruggeven voor vrij."

Hij trok een wenkbrauw op.

'Wil je iets terugdoen?'

"Ik zal je laten klaarkomen. Gratis. Ik ben geen prostituee. Zie het als een voldoening van een dankbare ontvanger."

"Het klinkt als een ongewone zakenrelatie."

'We zijn toch al over de grens gegaan', zei hij.

'Ik zal erover moeten nadenken.'

Cristina bukte zich, pakte Pauls pols vast en bewoog zijn hand naar haar slipje.

Hij raakte de buitenkant van haar slipje aan en wreef tussen haar benen.

'Denk snel na,' zei ze. "Anders trek ik het aanbod in."

Hij glimlachte halfslachtig.

'De gedurfde nieuwe Cristina. Ik vind haar leuk.'

"Ik ook."

Paul drukte zijn vingers nog harder tegen Cristina's slipje.

Ze kreunde bij de hete aanraking.

Ze kreunde nog meer toen Paul zijn hand in haar slipje stak en haar blote kutje aanraakte.

Ze was opgewonden en daar bestond geen twijfel over.

'Je bent nat,' merkte hij op terwijl hij naar haar keek.

"Ik weet."

'Doe je beha uit. Laat me je zien.'

Cristina stak haar hand uit om haar beha los te maken en gooide hem op de bank.

Haar parmantige kleine borsten kwamen vrij.

Haar tepels waren roze en klein.

Ze verhardden snel door de koude lucht en de duidelijke seksuele opwinding.

Ze weerstond de drang om haar borsten met haar handen te bedekken, omdat ze zich altijd onzeker had gevoeld over zijn borst.

Maar ze probeerde dapper te zijn en duwde haar borst naar voren.

"Je vind ze leuk?" zij vroeg.

"Ik hou van de borsten van elke vrouw. Elke borst is uniek en speciaal op zijn eigen manier. Die van jou is daarop geen uitzondering. Ze zijn prachtig."

"Dank mijn Heer."

" Meneer?" vroeg hij retorisch. 'Ik denk dat je weet wat ik leuk vind.'

"En wat vind jij leuk?" vroeg ze verlegen.

"Eigendom."

"Oh..."

Paul gebruikte beide handen om Cristina's slipje op de grond te trekken, waardoor het meisje volledig naakt achterbleef, van top tot teen.

Hij stond op en pakte Cristina bij de hand.

'Volg mij,' zei hij. "Er is iets dat ik je graag wil laten zien."

Hij leidde Cristina door de gang terwijl hij haar hand op een romantische manier vasthield.

Cristina was zenuwachtig, maar ze ging door in haar tempo.

Ze wist dat ze op weg waren naar de bondagekamer.

Het idee maakte haar opgewonden en nerveus.

De deur stond op een kier en Paul deed open.

Hij deed het licht aan en ze kwamen binnen.

De lucht was koud, waardoor Cristina's tepels nog harder werden.

Zijn blik draaide zich om en hij vroeg zich af wat Paul van plan was.

'Je hebt een nieuwe reeks verantwoordelijkheden,' zei Paul. 'Ik verwacht volledige gehoorzaamheid. Ik verwacht dat je altijd naakt bent. Begrepen?'

"Ja ik begrijp het."

'Buig je over de tafel,' zei hij. "Op je buik. Ik ga je vastbinden. Ik wil dat je weer klaarkomt."

"Ja meneer."

Cristina keek intimiderend naar de tafel.

Het was een andere tafel dan de vorige.

Maar het leek even ongemakkelijk en pijnlijk.

Het hout zag er oud uit, en het metalen frame ook.

Het had geen zin om te klagen.

Ze deed wat haar werd opgedragen en legde haar blote borsten en buik op de houten tafel.

Het was ongemakkelijker dan ik had verwacht.

Het hout was koud en prikte in haar gevoelige tepels.

Zijn ogen keken naar de grond.

Ze hoorde Paul door de kamer lopen voordat hij op haar af kwam.

'Ik ga je vastbinden,' zei hij. 'Ontspan je armen en benen. Dit is een eenvoudig proces als je kalm bent.'

"Goed."

"Weet je zeker dat je dit wilt?"

"Ja," antwoordde ze.

"Omdat?"

"Omdat ik weer wil klaarkomen."

Cristina kreeg geen antwoord.

In plaats daarvan voelde ze hoe Paul haar enkels aan het koude metalen frame van de tafel vastbond.

Het was ongemakkelijk en een beetje eng.

Elke knoop was erg strak.

Het touw was dik, waardoor zijn huid pijn deed.

Hetzelfde proces werd op hun polsen uitgevoerd.

Elke pop werd op dezelfde manier aan het metalen frame vastgemaakt.

Toen hij klaar was, waren zijn enkels en polsen stevig aan de tafel vastgebonden.

Ze lag met haar gezicht naar beneden, haar buik bloot en haar borsten stevig tegen het houten oppervlak gedrukt.

Het was een behoorlijk angstaanjagend gevoel, wetende dat ze Paul de absolute macht over haar lichaam had gegeven.

Ze was duidelijk en volkomen hulpeloos.

Iets raakte haar blote billen.

Het voelde hard, maar tegelijkertijd zacht.

Ik wist niet zeker wat het was.

Toen voelde ze de vingers van Paul langs haar kont strijken.

"Vind je het erg als ik je zo aanraak?" vroeg hij, terwijl hij het antwoord wist.

"Nee."

"Goed. Ik hou van je huid. Je bent heel zacht..."

Paul's hand dwaalde over haar kont en voelde elke ronding.

Hij masseerde elk van haar billen met zijn sterke handen.

Toen voelde hij weer iets hards tegen zijn kont aan raken.

Het had een glad gebogen oppervlak.

"Wat is dat?" zij vroeg.

"Het is een vibrator. Heb je er ooit een gebruikt?"

"Nee."

"Wil je het voelen?"

"Daar sta ik voor open."

"Brave meid."

Er klonk plotseling een zoemend geluid in de kamer en er liep een rilling over Cristina's ruggengraat.

Zijn ogen bleven op de grond gericht terwijl hij naar het zoemende geluid luisterde.

Haar lichaam schudde hevig zodra het gezoem het puntje van haar clitoris raakte.

Het was pijnlijk, op een slechte manier en op een goede manier.

Ze probeerde ertegen te vechten, vechtend tegen de touwen, wat nutteloos was.

Het zoemen hield op.

"Zullen we dit afmaken?" vroeg.

'Nee. Alsjeblieft, nee. Ik zal stoppen met bewegen.'

"Krijg grip Cristina."

Het zoemen keerde terug toen de vibrator weer werd geactiveerd.

Hij raakte haar klitje aan en Cristina deed haar best om stil te blijven.

Ze vocht tegen de drang om te vechten terwijl ze het gevoel van trillingen op haar meest gevoelige gebied accepteerde.

Het deed zijn vingers heftig krullen.

Hij klemde zijn tanden op elkaar terwijl hij zijn kaak sloot.

Zijn vuisten balden zich stevig vast.

Haar clitoris laten martelen met een vibrator was het laatste wat ze verwachtte.

Het zoemde en zoemde.

Het puntje van de vibrator werd tegen haar clit gehouden totdat ze dacht dat ze zou ontploffen.

Net voordat ze op het punt stond te schreeuwen van de pijn, bewoog Paul de vibrator en duwde hem in haar kutje.

Het was een surrealistisch gevoel.

Het was lang geleden dat ze met iets anders dan haar vingers was gepenetreerd.

De vibratie in haar kutje was een mix van pijn en plezier.

Paul duwde en trok vakkundig aan het seksspeeltje.

Cristina deed er alles aan om niet te schreeuwen.

"Hebben jullie er plezier mee?" vroeg hij gekscherend.

Cristina hapte naar adem.

"Ik...ik...uh..."

"Ja of nee?"

"Ja! God, ja."

Paul duwde het apparaat verder in Cristina's kutje, waardoor ze nog meer naar adem snakte.

Hij was bijna buiten adem toen hij haar lichaam volledig binnendrong.

Zijn armen en benen trokken aan de touwen, maar het mocht niet baten.

Ze zat gevangen met de krachtige vibrator in haar natte vagina.

"Je bent dichtbij?" vroeg.

Ze worstelde met woorden.

"Ja bijna..."

"Kom voor mij klaar, schat."

De vibrator werd genadeloos in Cristina's kutje geduwd en getrokken.

Ze probeerde haar lichaam te ontspannen, waardoor het voor haar altijd gemakkelijker werd om een orgasme te krijgen.

Ze deed haar best om haar vaginale spieren te ontspannen van het stuk, zodat Paul zijn zin kon krijgen.

Haar orgasme dreigde door de vibrator.

En het was een orgasme zoals ik nog nooit eerder had gevoeld.

Vastgebonden en geslagen worden terwijl een trillend voorwerp in haar kutje werd geduwd, was een krachtige combinatie.

Cristina's tenen gingen nog verder omhoog en haar vuisten balden zich nog steviger.

Elke spier in zijn lichaam spande zich samen.

Haar zuchten en kreunen werden harder.

"O mijn God... O mijn God... O mijn God..."

Opeens werd het apparaat op een hogere snelheid gezet en werden de trillingen veel sterker.

Cristina schreeuwde van de krachtige vibratie terwijl ze in haar kutje werd geduwd en getrokken.

Ze huilde.

Vervolgens snikte ze ongecontroleerd terwijl ze tot een hoogtepunt kwam.

Een golf van vloeistoffen stroomde uit haar kutje, waardoor er een puinhoop ontstond op de tafel en een plas op de harde vloer achterbleef.

Er kwamen meer stoten uit de krachtvibrator totdat de vloeistoffen stopten.

Paul verwijderde de vibrator uit Cristina's kutje, wat een luid zoemend geluid maakte.

Toen zette hij het uit.

Toen de vaginale aanval eindelijk voorbij was, was Cristina's poesje een druipende puinhoop.

Haar nattigheid was als een kleine orgastische rivier.

Haar kutje glinsterde van haar vaginale vloeistoffen.

De tafel was nat.

En de vloeistoffen vielen als een lekkende kraan op de grond.

Cristina was nauwelijks bij bewustzijn toen ze langzaam haar kalmte herwon.

Het was veruit het beste orgasme dat ze ooit in haar leven had meegemaakt.

Hij hoorde de voetstappen van Paul zijn hoofd naderen.

Paul boog zich voorover en kuste haar haar.

Ze vroeg zich af waarom Paul haar nog niet had losgemaakt.

'We zijn... we zijn... klaar...' wist hij uit te brengen.

'Nog niet. Herinner je je belofte?'

"Welke van hen?" kreunde ze.

"Je zei dat als ik je zou laten klaarkomen, je iets terug zou doen. Hoe voelde je orgasme?"

'Een...verdomd...ongelooflijk,' flapte hij eruit.

Paul glimlachte naar hem.

'Braaf meisje. Heb je zin om iets terug te doen?'

"Ja meneer. Gaat u mij losmaken?"

"Ik vind je leuk in deze positie."

Cristina hoorde het geluid van Pauls broek die openging.

Ze wist precies wat Paul wilde.

Hij stond nog steeds vlak naast haar gezicht, wat betekende dat hij geen interesse had om haar te neuken, tenminste niet op die specifieke dag.

Hij keek op toen Paul dichter bij zijn gezicht kwam.

Ze zag zijn harde pik rechtstreeks naar haar lippen wijzen.

Het was duidelijk wat hij wilde.

Met een wellustig hart opende Cristina haar mond toen Paul nog een stap naar voren deed en tussen haar lippen binnenkwam.

Er was geen gevoelsproces en geen tijd om aan te passen.

Paul duwde simpelweg zijn heupen naar voren zodat Cristina kon zuigen zoals een goede onderdanige dat zou moeten doen.

"Mijn God. Je hebt lippen als een engel," zei hij, onder de indruk van wat hij op zijn pik voelde.

Orale seks was nooit iets voor Cristina.

Ze was er nooit erg goed in, en het had ook nooit haar voorkeur om het te doen.

Maar met Paul wilde ze hem graag een plezier doen.

Vooral nu het krachtige orgastische gevoel nog steeds door haar lichaam stroomt.

Zijn gebrek aan vaardigheden was geen probleem, aangezien zijn lichaam nog steeds aan de tafel vastgebonden was.

Paul deed al het werk, terwijl hij zijn heupen zachtjes heen en weer duwde.

Het enige wat hij nodig had was een warme mond om te neuken.

Het enige wat Cristina hoefde te doen was haar lippen strak om Paul's harde lid houden en zuigen.

"Fuck, ik ga klaarkomen," gromde Paul. 'En jij gaat het doorslikken.'

Zijn gevoel voor commando was opwindend voor Cristina, om een reden die ze niet kon begrijpen.

Ze voelde Pauls handen over haar haar wrijven terwijl ze zoog.

Ze voelde zijn lid nog stijver worden in haar mond.

Ze deed haar best om haar tong op zijn lid te gebruiken, waarvan haar altijd was verteld dat het goed voelde.

De lul zakte in haar mond, waardoor ze moest kokhalzen.

De kokhalsreflex was verschrikkelijk.

Maar Paul stelde zich voor hoeveel Cristina aankon, dus duwde hij nooit te hard.

Het was het teken van een professional, dacht ze bij zichzelf.

Ze keek toe hoe Paul zichzelf tot een orgasme streelde, terwijl het puntje van zijn erectie nog in haar mond zat.

Ze hield haar lippen strak om hem heen gesloten.

Paul gromde terwijl hij haar woedend streelde.

Enkele seconden later zat haar tong onder het sperma van Paul.

Jet na jet.

Het had een andere smaak.

Ze slikte moeilijk om te voorkomen dat haar mond overstroomde.

Enkele seconden later stopte de spermastroom en slikte Cristina alles door.

"Oh mijn god," zei Paul, terwijl hij zijn pik uit haar mond trok. "Dat was geweldig. Waar heb je zo leren zuigen?"

Hij boog zich even voorover voordat hij opstond om zijn broek dicht te ritsen.

Toen bukte hij zich om Cristina los te maken.

Toen ze werd vrijgelaten, streelde ze haar eigen polsen en enkels, die donkerrode vlekken hadden.

Ze besefte al snel dat ze nog steeds helemaal naakt was en dat het haar niets meer kon schelen.

Ze vond het leuk om naakt te zijn in het bijzijn van Paul.

"Ik heb echt genoten van de hele ervaring", merkte hij zelfverzekerd op.

Paul raakte haar nek aan en kuste haar voorhoofd, en vervolgens nog meer op haar wangen.

Ten slotte plantte hij verschillende kusjes op haar haar.

"Ik ook. Onze samenwerking gaat heel goed werken. Denk eens aan alle mogelijkheden die we samen kunnen delen."

"Ik weet."

'Je bent als een vlinder die voor mijn ogen groeit', zei hij.

'Het is allemaal jouw schuld,' glimlachte hij. 'Als u mij nu wilt excuseren, ik heb iets heel speciaals voor de lunch gemaakt. U zult er dol op zijn. Ik weet zeker dat u trek heeft gekregen, dus ik kan het maar beter nu gaan maken.'

Cristina stond op en liep naakt naar de deur.

Er was vertrouwen in zijn stap.

Ze hield ervan om naakt te zijn.

Het was leuk.

Vloeistoffen druppelden langs haar benen.

De smaak van sperma zat nog steeds in haar mond.

Toen stopte ze toen ze de deur bereikte, en draaide zich om om naar Paul te kijken, trots op haar naakte lichaam.

Ze zei dat hij zich geen zorgen hoefde te maken over de rommel in de woonkamer, die zou ze later opruimen.

Het maakte deel uit van zijn nieuwe taken.

BEDROGEN

HOOFDSTUK I

Becky hoorde de sleutel in het slot klikken.

Hij rende de trap af, deed het licht in de gang aan en opende de deur.

Jack stond daar in de regen, de kap over zijn hoofd getrokken, de sleutel stopte in zijn hand terwijl zijn donkere ogen haar aanstaarden.

'O mijn God, je bent gekomen,' zei Becky blij.

Ze sprong naar voren, sloeg haar armen om zijn schouders en omhelsde hem , terwijl ze voelde hoe de regen die haar jas bedekte, in de bovenkant van haar nauwsluitende kleding sijpelde.

Het maakte haar niet uit.

Haar man was hier en dat was het enige dat telde.

Ze bevrijdde Jack uit haar uitbundige omhelzing en legde haar doorweekte handen op zijn gezicht.

Zijn ernstige uitdrukking was niet veranderd.

"Wat is er?" zei ze.

"We moeten praten."

Becky voelde haar maag ineenkrimpen, maar ze deed een stap opzij om Jack binnen te laten en haar natte laarzen uit te trekken.

Hij liep de woonkamer binnen en wreef nerveus in zijn armen terwijl hij wachtte tot Jack hem het slechte nieuws zou vertellen, wat het ook was.

Toen kwam hij de woonkamer binnen, nog steeds met een ernstige uitdrukking op zijn verwilderde gezicht.

'Geef ons alsjeblieft wat te drinken,' zei hij.

Becky liep naar de drankkar en schonk twee cognac in .

Zijn hand trilde toen hij haar een van de glazen overhandigde en hij dronk de zijne snel leeg.

Jack naderde de bank met zijn sokken behoorlijk vochtig.

Het beeld dat hij zo schetste was een beetje komisch.

Ze zou hebben gelachen als het moment niet behoorlijk gespannen was.

Hij ging op de rand van de stoel zitten, zonder zich aan te passen, zonder zijn jas uit te trekken terwijl hij zich voorbereidde om het slechte nieuws te brengen.

Voordat hij iets zei, nam hij een grote slok cognac.

'Ze weet alles over ons,' zei hij nadat hij de drank met een laatste zucht had opgedronken.

Becky voelde haar knieën zwak worden en haar hart sneller kloppen.

Hij schonk zichzelf nog een glas cognac in.

Hij liep naar de bank voor Jack en ging zitten.

"Als?" ' zei hij na nog een slok van de warme vloeistof.

"Ik zei."

Becky fronste.

'Heb je het hem verteld? Waarvoor?'

"Ik kon het niet meer aan."

Becky stond op.

'Zeg me alsjeblieft dat je een grapje maakt, Jack.'

Hij schudde ontkennend zijn hoofd.

'Waarom zou je tegen je vrouw zeggen dat je haar bedriegt?'

Jack keek op onder zijn borstelige wenkbrauwen, waardoor hij op een ondeugende puppy leek.

'Ik kon niet zien dat ze onverschillig en kalm was terwijl ze ons smerige geheim bleef verbergen.'

'Ons vuile geheim. Is dat alles voor hem?' dacht Becky.

'Nou, wat zei ze?' zei Becky , terwijl ze door de kamer heen en weer liep, alsof ze de laatste opmerking niet had gehoord.

'Ze is bereid ons nog een kans te geven. Als dit stopt.'

Becky stopte met lopen en keek naar Jacks gezicht.

'Nee? Bedoel je dat jij en zij samen zijn nadat je het haar hebt verteld?'

Jac knikte.

'Ga je me gewoon zo achterlaten? Omdat ze dat zegt?'

"Zij is mijn vrouw."

"En wat was ik?"

'Weet je wat dit was. Ik zei toch dat ik mijn vrouw nooit zou verlaten. Dit was altijd seks tussen jou en mij.'

'Je weet wat dit was. Verleden. In zijn gedachten was het al voorbij. Hoe kon hij mij dit aandoen?'

Hoewel hij had gezegd dat hij Mary nooit zou verlaten, dacht Becky dat ze hem ervan kon overtuigen dat zij echt de vrouw was die hij nodig had.

En zo is het niet?

Het leek van niet.

Jack had zijn drankje opgedronken en stond op om te vertrekken.

Becky kwam naar hem toe.

"Is dat dan alles?" zei ze terwijl ze hem boos aankeek. 'Je laat het zo op mij vallen en loopt weg?'

Jack zuchtte terwijl hij haar wegduwde en door de gang liep.

'Becky, ik heb kinderen,' zei hij nu geïrriteerd.

O nee, zo gemakkelijk zou hij hier niet uit komen.

Vroeger waren het allemaal complimenten, plagerige en erotische berichten, met veel kusjes aan het einde om me betoverd te houden.

Dat is wat iedereen doet, om te krijgen wat hij wil.

Als ze er genoeg van hebben, worden ze defensief en proberen ze van je af te komen.

Jacks ware gezicht was nu zichtbaar.

Ze was niets meer dan een stuk vlees voor hem geweest, een makkelijke neukpartij.

Een uitschot.

Een hoer.

Dat was de manier waarop mannen haar altijd hadden behandeld. Jack zou niet anders zijn.

' En dan? Veel mensen gaan tegenwoordig scheiden. De kinderen komen er overheen. Ze hebben nog steeds beide ouders,' zei ze koeltjes.

'Het zijn jongens, Becky,' snauwde Jack. 'Ze hebben een gezin nodig. Beveiliging. Een vader die er altijd is. Niet iemand die een paar keer per week komt opdagen.'

En ik dan? dacht ze enigszins egoïstisch.

De vrouw die geen kinderen kan krijgen.

De vrouw die altijd en altijd permanent onvruchtbaar zal zijn, niet in staat een man een gezin te geven.

Het fenomeen.

De zeldzame.

Degene die alleen goed is om plezier te hebben, om te neuken.

Wie zou echt van haar houden?

'Ik kom naar je huis,' dreigde hij. "Ik zal haar vertellen wat we hebben gedaan. Hoe je me in je auto naar het bos bracht en me op de achterbank neukte. Waar haar kinderen elke dag zitten tijdens de rit naar school. Hoe je me meenam naar hetzelfde restaurant waar je Ik heb haar ten huwelijk gevraagd.' Laten we eens kijken of ze dan van gedachten verandert.'

Jack draaide zich om in de deuropening, zijn vingers lieten de kap los die hij op het punt stond over zijn hoofd te tillen.

"Je zult het niet doen".

"Kijk me aan."

Becky zag voor het eerst een blik in Jacks ogen die ze eerder bij veel mannen had gezien.

Walging.

Wat ze ook tussen hen hadden gehad, wat ze ook voor hem was geweest, het was weg.

Ze wist dat ze dat nooit meer terug zou krijgen.

Zijn bovenlip krulde toen hij zijn capuchon over zijn hoofd trok en naar beneden reikte om zijn laarzen te pakken.

Becky voelde de warmte uit haar lichaam verdwijnen en het koude gevoel van achtergelaten te zijn terugkeerde.

Verlating.

Ze had het al te vaak gevoeld.

'Je kunt me niet zomaar verlaten, Jack,' smeekte ze, terwijl ze de vertrouwde stroom tranen uit haar ogen voelde komen.

'Het is voorbij,' snauwde hij, zijn stem dik van woede.

'Doe mij dit niet aan, Jack. Alsjeblieft!'

Hij knoopte de veters van zijn laars vast, ging rechtop staan en keek haar aan van onder de beschutting van zijn capuchon.

'Kom nooit meer bij mij of mijn familie in de buurt. Als je dat toch doet, bel ik de politie.'

Hij hief zijn hand op en liet zijn sleutel op de grond vallen.

De sleutel die ze hem had gegeven in de hoop dat hij dit als zijn echte thuis zou zien, het huis waar hij uiteindelijk permanent zou komen wonen.

Het was de laatste steek in zijn hart.

Hij trok de deur open en deed een snelle stap richting de tuin.

Becky stond op de mat, haar wangen blonk van de tranen in het heldere licht van de woonkamer, en keek hoe zijn lange gestalte door de regen schreed.

Weg van haar.

Terug naar zijn familie.

Voor altijd uit zijn leven.

HOOFDSTUK II

Becky keek in haar glas en voelde haar hoofd tollen.

De whisky liet een zure, bittere smaak achter op zijn tong.

Met trillende vingers over het glas pakte ze het op en gooide het tegen de muur van de haard.

Het kwam in botsing met de spiegel, waardoor glasscherven ontploften en vervolgens op de vloer en het dikke tapijt terechtkwamen.

Ze sprong van de bank en liep naar de telefoon.

De tranen welden in haar ogen toen ze de hoorn pakte, maar ze zei tegen zichzelf dat ze niet meer zou huilen.

Ze beet op haar lip en draaide vastberaden het nummer.

Na enkele ogenblikken antwoordde een norse mannenstem.

"Hallo?"

'Harry, het is Becky,' zei ze, terwijl ze haar dronkenschap onderdrukte met een snuifje.

'Becky? Jezus, waarom bel je nu? Het is twee uur in de ochtend.'

'Het spijt me. Het is gewoon... ik moet bij iemand zijn.'

"Wat? Nu meteen?"

"Ja."

Hij hoorde geritsel aan de andere kant van de lijn, het geknetter van Harry's van sigaretten gedroogde keel terwijl hij om het bed heen liep.

"Maak je me echt midden in de ochtend wakker voor seks?"

Becky voelde een knoop in haar maag bij zijn woorden.

Wat als ze niet echt iemand nodig had om zichzelf tevreden te stellen?

Harry trok zich daar echter niets van aan.

Hij was gewoon een typische man met maar één ding aan zijn hoofd.

Ze weerhield de verleiding om te ontploffen.

'Waarom niet? Het is net zo'n goed moment als alle andere,' zei ze enigszins geïrriteerd.

'Ik moet om zes uur op zijn.'

'En dan? Morgenavond kun je slapen. En dan ga je tenminste voldaan naar je werk in plaats van te gapen.'

"Ik ben er kapot van op dit moment. De enige manier om niet gapend naar mijn werk te gaan, is door nog een paar uur te slapen en niet te sporten."

Becky kneep gefrustreerd haar lippen op elkaar en pakte haar sigaretten die naast de telefoon lagen.

Hij stak er een aan, nam een lange, diepe trek en wreef vervolgens met zijn duim over zijn slaap terwijl hij de dikke rook uitblies.

'Ik zal doen wat je wilt,' zei ze, en de nicotine gaf haar genoeg kracht om te proberen hem te verleiden.

"De wat?" zei Harry.

'Ik steek mijn tong in je kont. Ik zal je opeten zoals een man een vrouw eet.'

Er viel een stilte en hij voelde Harry aan de andere kant van de lijn nadenken.

Niet veel vrouwen waren bereid de kont van een man te eten en Harry had een bijzonder gevoelige anus, waarbij haar tong het vermogen had om zijn hele lichaam tegelijkertijd te laten buigen en schreeuwen.

Het leek er echter op dat hij vanavond erg moe was. Zelfs dat was niet genoeg om hem te verleiden.

'O, Becky. Had je niet op een beter moment kunnen bellen?'

"Ik doe mijn voorbindriem om. Ik ga je lang en hard neuken. Is dat wat je wilt, Harry? A. Lang. Hard. Neuken."

Harry klonk nerveus en opgewonden toen hij reageerde.

Becky wist dat zijn pik onder de lakens keihard was geworden door haar expliciete, weerzinwekkende woede.

Maar hoe ik hem ook probeerde te verleiden, het leek alsof hij niet zou toegeven.

'Sorry, Becky. Ik moet even langskomen. Hoe was het vrijdagavond?'

Becky zag de asbak op de salontafel en drukte haar sigaret uit.

'Je bent net als alle mannen, toch? Je denkt dat ik ga komen rennen als je het zegt. Nou, weet je wat, Harry? Je kunt jezelf neuken. Dat was je laatste kans en je hebt het gewoon verpest.'

"Wat... Becky?"

"Dag, Harry. Slaap diep als je kunt. Verdorie!"

Hij legde de telefoon op de hoorn.

Becky bleef even op bed zitten, haar hart bonsde, haar bloed kookte, en een miljoen verschillende gedachten strijden om voorrang in haar hoofd.

Hoe konden ze hem dit aandoen?

En opnieuw.

En waarom liet ze het hen steeds doen?

Steeds weer in dezelfde oude val trappen .

Ze wist wat psychiaters zouden zeggen.

Je waardeert jezelf niet genoeg.

Hoe kan ze verwachten respect te ontvangen als ze zichzelf niet eens respecteert?

Nou, dat is gemakkelijk voor hen om te zeggen.

Ze willen weten hoe het is om je een slet te voelen die mannen haar lichaam als een vuile lap laat gebruiken.

Een moeder die haar vriendjes ging neuken en haar dochter alleen thuis zou laten, koud en hongerig, zonder dat iemand van haar zou houden.

Een vrouw die haar er jarenlang van overtuigde dat haar vader niet van haar hield.

Dat hij ze vanwege hem in de steek had gelaten.

Terwijl de waarheid was dat hij geïntimideerd vertrok door de onderwerping waaraan hij door haar werd onderworpen en te bang was om terug te keren naar haar schrikbewind.

Becky verborg haar gezicht in haar handen en liet de tranen in haar handpalmen stromen.

Je hebt mij verlaten, papa.

Hoe kon je mij achterlaten met die psycho-bitch?

Ze ging rechtop zitten en dwong zichzelf de tranen te stoppen.

Verdriet veranderde in woede als het omzetten van een schakelaar.

Zijn vader was een verdomde lafaard.

Zoals alle mannen.

Ze liepen gecontroleerd door de ballen die tussen hun benen slingerden, maar ze hadden het lef niet om die te gebruiken.

Alleen een vrouw kon dat doen.

De pijn was te veel.

Becky had seks nodig.

Het was het enige dat haar kon kalmeren.

Seks zou de pijn die hij van binnen voelde verzachten.

Pijn omdat ze niet geliefd was en afgewezen werd, waardoor ze zich een vieze wegwerphoer voelde.

Een paar korte momenten, een hartstochtelijke kus, een wellustige impuls die haar tot een orgasme zou brengen, en ze zou zich genezen voelen.

Allemaal weer goed.

Geliefd.

Het enige probleem was dat het een verslaving was geworden.

En toen het allemaal voorbij was, nadat de mannen waren vertrokken en waren teruggekeerd naar hun vrouwen of de volgende vrouw die bereid was haar benen te spreiden, zou die donkere plek terugkeren.

Tot de volgende oplossing.

Becky kon het niet meer aan.

Het was genoeg.

Deze keer zou iemand betalen.

HOOFDSTUK III

Wraak is zoet.

Of dat zeggen ze.

Becky dacht hierover na terwijl ze haar lange zwarte haar in de make-upspiegel borstelde.

Ze was naakt, afgezien van een zwart slipje versierd met een kleine rode strik.

Haar drieënveertigjarige borsten waren net zo stevig als die van een vrouw die tien jaar jonger was dan zij.

Het was een van de positieve aspecten van het niet kunnen krijgen van kinderen.

Ze heeft haar figuur en prachtige charmes al langer behouden.

Terwijl de haren van de borstel door haar haar gleden, ervoer ze een kalmte die ze al jaren niet meer had gevoeld.

Er kwam eindelijk iets in haar op.

Hij zal niet langer het slachtoffer zijn.

Ze had het moeilijk.

Ze zou een krijger worden.

S koos een stokje donkerrode lippenstift uit haar make-up en bracht dit voorzichtig op haar lippen aan, waardoor ze een beetje volheid toevoegden door een extra millimeter rond de rand te geven.

De kleur complementeerde haar donkere haar en olijfkleurige huid, waardoor ze een licht mediterrane look kreeg die niet verder van haar Britse afkomst kon zijn.

Ze moest toegeven dat het er goed uitzag.

Ze had misschien een beetje rasp in haar stem door al het roken en een slechte jeugd, om nog maar te zwijgen van het drinken, maar ze wist hoe ze op moest komen voor seks.

Ze had die vaardigheid van haar moeder geleerd, en toen ze besefte hoe stoer meisjes uit het noorden waren, had ze ook geleerd deze in haar voordeel te gebruiken.

Sexy meisjes hadden macht.

Ze konden mannen beheersen met hun lichaam, hun geur en een provocerende blik.

Toen Becky erover nadacht, besefte ze dat ze hierdoor zoveel jaren had kunnen overleven.

Hij stond op en liep naar de passpiegel.

Hij hield zijn hoofd opzij en omvatte haar borsten.

Ze pruilde met haar pas geverfde lippen.

Ja, ze zag er goed genoeg uit om iets smakelijks te eten.

En om jou ook op te eten, dacht hij met een sensuele lach.

Op het bed lag een rode jurk.

Kort.

Zeer provocerend.

Lage halslijn om je tieten te laten zien.

Ze schoof haar blote voeten erin en trok hem omhoog langs haar lichaam.

Ze keek in de spiegel, draaide zich om en knoopte hem dicht.

Ze bewonderde de zijdeachtige stof, gerimpeld bij de heupen, die haar typische zandlopervorm accentueerde.

Naast de deur stond een rij schoenen met hoge hakken.

Becky liep erheen en stak haar voeten in een rood paar.

De kleur vanavond was scharlakenrood.

Rood voor bloed en moord.

HOOFDSTUK IV

De taxichauffeur stopte buiten de club.

Becky zag dat er twee uitsmijters bij de deuren stonden.

Ze betaalde de taxichauffeur en stapte de straatlantaarn op. De zachte lucht raakte haar blote schouders terwijl de muziek van de club onder haar voeten bonkte.

Ze sloot de taxideur en liep naar de ingang, terwijl ze de riem van haar kleine rode tas over haar schouder legde.

Meeting Place was een moderne herenclub die een paar jaar geleden in de stad was verschenen.

Mannen van alle leeftijden kwamen daar in hun meest trendy pakken, ondergedompeld in flessen aftershave, in een poging de meisjes uit het noorden aan te trekken die als loopse teven naar hun geur stroomden.

Becky was geen uitzondering.

Maar vanavond had ze haar gedachten op één man in het bijzonder gericht.

De plaats was een bijenkorf van activiteit, druk voor een midweekavond.

Aan de ene kant van de kamer trad een zanger op op het podium en de bar aan de andere kant was gevuld met oudere jongens, gebogen over glazen bier.

Mannen en vrouwen zaten in een grote ruimte vol tafels in het midden van de kamer, kletsend en kijkend naar het podium.

Becky liep naar de bar en riep een knappe jonge barman met het piekkapsel van een weduwe.

'Is Ricky hier vanavond?' vroeg ze.

De ober knikte. "Rug."

Becky glimlachte naar hem en liep weg van de toonbank. Het viel haar op dat de ogen van de oudere mannen van hun drankjes naar haar waren verhuisd.

Hij zorgde ervoor dat ze zijn achterste goed konden zien terwijl hij door een gang verdween die naar de kantoren achterin leidde.

Ricky Morris was de eigenaar van vijf nachtclubs in de omgeving van Maine.

Hij had zijn geld verdiend met een paar onbetrouwbare deals in de jaren negentig en had een keten van herenclubs geopend die meteen een hit waren geweest bij de speelse jongens van het Noorden.

Hij stond ook bekend om zijn samenwerking met strippers en prostituees, het verstrekken van klanten aan hen en het snijden in hun winst.

Becky ontmoette hem twee jaar geleden bij de lancering van *Lugar de Encuentro* .

Van alle aantrekkelijke vrouwen en mooie meisjes die daar die avond waren, was zij degene die hij had benaderd.

Misschien herkende hij iets van zichzelf in haar, een mannelijke eigenschap die appelleerde aan zijn ambitieuze en ondernemende karakter.

Een vrouw die niet zou buigen voor zijn geld en knappe uiterlijk.

Een vrouw die hard haar best deed om te krijgen wat ze wilde.

Becky klopte op zijn deur, maar wachtte niet op antwoord.

Toen hij de kamer binnenkwam, zag hij een flits van vlees en rook hij de onmiskenbare geur van seks.

Een vrouw van midden twintig lag op het bureau, haar blote borsten zichtbaar door een jurk die nog om haar middel zat.

Ricky neukte haar vanuit een staande positie, met een zwarte broek om zijn enkels en het zweet glinsterde op zijn geschoren hoofd.

Bij de onderbreking draaide hij zijn hoofd om.

"Neuken." Hij trok zich terug van de vrouw en Becky zag zijn grote lul, opgezwollen van opwinding, glibberig van het vrouwensap.

Toen hij zag wie de kamer binnenkwam, zuchtte hij, boog zich voorover en trok zijn broek omhoog.

De vrouw aan tafel bedekte haar borsten en probeerde haar verlegenheid te verbergen met een sensuele lach.

Kleine slet, dacht Becky, terwijl ze schaamteloos het kantoor binnenliep.

Ricky maakte de leren riem om zijn middel vast toen hij zijn hoofd schudde om het meisje te laten vertrekken.

Terwijl ze haar borsten nog steeds bedekte, gleed ze ingetogen van de tafel, pakte haar schoenen met hoge hakken en liep op haar tenen de kamer uit.

Ricky liep om zijn bureau heen en keek vanuit zijn ooghoek naar Becky, zijn gezicht rood.

Hij haalde een zakdoek uit de zak van zijn overhemd, veegde zijn voorhoofd af en stak zijn hand in een la om er een zilveren sigarettenkoker uit te halen.

'Waar heb ik dit genoegen aan te danken?' zei hij, terwijl hij het doosje opende en er een gekleurde sigaret uit haalde.

Hij bood er Becky een aan.

Ze hield haar ogen op hem gericht terwijl ze naar het bureau liep en een van de sigaretten pakte.

Het was scharlakenrood.

' Nog eens de kwaliteit van de koopwaar controleren?' zei hij, terwijl hij de rode sigaret tussen zijn lippen plaatste.

Ricky kneep zijn scherpe blauwe ogen tot spleetjes terwijl hij zijn sigaret opstak en hield vervolgens de aansteker omhoog om die van Becky aan te steken.

'Wat heeft het voor zin om mij te onderbreken terwijl ik hier onaangekondigd binnenloop?'

Becky inhaleerde een stukje van de aangestoken sigaret.

Ze verspreidde de rook die in een dunne draad naar het plafond stroomde.

'Ik zie dat je het de laatste tijd druk hebt gehad.'

Met een glimlach keek ze naar de tafel.

De zweetafdrukken op de plek van de billen van de vrouw waren nog steeds aanwezig op het glasoppervlak.

Ricky ging zwaar zitten.

Becky kon haar hart bijna horen bonken, terwijl het bloed nog steeds door haar lichaam stroomde van de onderbroken sekssessie.

Hij bestudeerde haar nieuwsgierig.

"Je bent klaar?"

Becky schudde haar hoofd.

'En dan? Ik merk iets anders aan jou.'

Becky streek haar haar naar achteren en keek naar het grote aquarium dat achter Ricky's hoofd gloeide.

Grote vissen in een heel kleine vijver, dacht hij wrang.

Hij had dan wel geld en macht over vrouwen, maar terwijl hij daar in zijn stoel zat, zonder enig idee wat er ging gebeuren, was hij net zo zwak en zielig als iedere andere man.

'Ik veronderstel dat het het weer van de maand is,' zei hij droogjes.

Hij nam de tas van zijn schouder en plaatste hem voorzichtig op het glazen oppervlak van de tafel.

Ricky keek geïnteresseerd naar zijn bewegingen.

Ze liep om het bureau heen en liet haar billen op de harde rand rusten.

Ricky draaide zijn stoel om, leunde achterover en bestudeerde haar.

'Je bent in de stemming,' zei hij voorzichtig.

"Wanneer niet?" antwoordde ze.

Riky glimlachte.

Dat vond hij geweldig aan haar.

Die gedurfde en gewillige honger naar seks.

Vooral van een vrouw.

Hij kreeg hem binnen enkele seconden hard. Becky wachtte tot hij zijn pik weer wakker zag worden terwijl ze haar lichaam bewoog om met haar borsten te pronken.

'Je bent een hoer,' zei Ricky. "Niets houdt je tegen, toch? Zelfs geen slordige seconden voor een kleine slet."

'Zij was slechts het voorgerecht. Ik ben het hoofdgerecht. De echte seks.'

Becky trok haar jurk over haar dij omhoog en liet haar vingers tussen haar benen glijden.

Ze had haar slipje uitgetrokken voordat ze het huis verliet, zodat hij gemakkelijk bij de blote lippen tussen haar benen kon komen.

Hij keek naar Ricky en nam nog een trekje van de sigaret.

De bobbel die in zijn broek bleef groeien, vertelde haar dat hij van plan was binnen enkele seconden in haar te zijn.

Haar kutje werd vochtig bij de gedachte, versterkt door de wetenschap dat de bevrediging deze keer zoeter zou zijn dan alle andere.

Ze plaatste haar handen op het glazen oppervlak, liet kleverige afdrukken achter van haar muskusachtige kutje, en manoeuvreerde zichzelf totdat ze recht voor Ricky stond.

Ze plaatste beide hakken op de armleuningen van de stoel en spreidde haar benen om hem volledig zicht te geven op wat zich tussen haar benen bevond.

De opwinding flitste door Ricky's ogen toen hij naar beneden keek en het snoepje verborgen zag onder het rode jurkje.

"Wat moet ik daarmee doen?" ' zei hij sardonisch, terwijl hij zijn wenkbrauw optrok.

Met haar ellebogen op tafel slaagde Becky er nog steeds in om te roken, terwijl ze reageerde met een zwoele glimlach.

Sprakeloos.

Ricky doofde zijn eigen sigaret en drukte hem schaamteloos tegen het glas.

Hij ademde door zijn neusgaten, misschien om een geurig voorproefje te krijgen van wat komen zou, terwijl hij zijn lange vingers voor zijn mooie lippen drenkte.

"Ik ga je opeten totdat je kutje in mijn mond druipt."

Becky voelde haar vulva tintelen terwijl ze haar spieren op elkaar klemde.

Ze had altijd van een jongen gehouden die graag poesjes at.

Ricky vond het heerlijk om zijn gezicht in haar sap te verzadigen en dingen met zijn tong te doen die hem ergens anders heen zouden sturen.

Het zou de meest humane manier zijn, dacht hij.

Een euforische angst.

Zijn grote handen raakten haar knieën en hij spreidde haar benen nog verder.

Becky keek hem met grimmige fascinatie aan en peilde de opwinding in zijn stalen ogen.

Hij likte speels langs zijn lippen.

Becky glimlachte veelbetekenend.

Voordat ze iets anders kon doen, zat zijn hoofd tussen haar benen en baande zijn hete, natte tong zich een weg naar binnen.

Becky's hoofd viel achterover terwijl ze naar adem snakte van genot.

"O, verdomme."

Ricky bewoog zijn hoofd vraatzuchtig en likte haar plakkerige vlees.

Eet, proef, adem de muskusachtige geur in.

'Heerlijk,' hoorde Becky hem zeggen met zijn diepe Vermont-accent.

Hij kon onmogelijk zoiets heerlijks proeven als zijn zoete wraak, dacht hij.

Ricky ritste zijn broek open en trok zijn pik tevoorschijn, terwijl hij haar aftrok met snelle, harde bewegingen van zijn pols.

Becky vroeg zich even af of hij haar poesje verkoos boven het poesje waarmee hij een paar minuten eerder had geneukt.

Toen besloot ze dat het haar niets meer kon schelen.

Alle mannen waren gelijk.

Klootzakken die hoeren misbruiken en aan kutjes zuigen. Zelfs als ze de mogelijkheid hadden om je naar plaatsen te sturen waarvan je niet eens wist dat ze bestonden.

Ricky's tong was goddelijk!

Becky keek naar beneden en zag de glanzende, ronde hoofdhuid op en neer gaan.

Dit was zijn moment.

Ze haalde diep adem, wachtte even en bracht toen haar dijen in één snelle beweging naar elkaar toe, waardoor Ricky's nek tussen haar benen werd geklemd.

Hij verslikte zich en probeerde weg te lopen, maar het mocht niet baten.

Becky stak haar hand in de rode tas en haalde er een mes uit.

Ze pakte het gevest met beide handen vast en hief het boven Ricky's hoofd.

Hij bleef babbelen en pakte haar dijen vast om ze open te spreiden.

Maar zij kon het niet.

Ze kon het mes niet op haar hoofd laten vallen.

Nu het moment daar was, leek het niet langer een fantasie.

Het voelde als een nachtmerrie.

Ze was geen moordenaar.

Ze kon niet iets worden wat ze niet was.

Ze hadden haar vanbinnen vermoord en daarom verachtte ze hen, maar het moorden in koelen bloede veranderde haar in iets anders.

Het maakte haar minder dan zij.

Becky verlichtte de druk van haar dijen op Ricky's hoofd.

Hij kwam uit de val, hijgend en over zijn nek wrijvend.

'Gek, verdomd kreng,' schreeuwde hij. "Wat speel je?"

Becky had het pistool al in haar tas verborgen voordat Ricky zijn woede uitspuugde.

'Ik dacht dat je misschien wel iets ruws wilde proberen,' hijgde hij, terwijl hij zijn best deed om de angst in zijn stem te verbergen.

Ricky duwde zijn benen uit elkaar en stond op.

"Ik kon niet ademen!"

Becky friemelde aan haar jurk en stapte van de glazen tafel af.

Terwijl hij stond, zag hij de twijfelachtige blik in Ricky's ogen.

'O, kom maar,' zei ze. "Het was wel leuk."

Hij slaagde erin een glimlach te behouden terwijl zijn hart wild in zijn borst klopte.

Ricky zei niets en zocht in zijn ogen naar een of andere vorm van bedrog.

Hij zou de enige zijn die bloed aan zijn handen zou hebben als hij wist dat ze van plan was hem te vermoorden.

Becky liep naar hem toe en leunde dicht bij zijn gezicht.

Ze kuste zijn blozende wang en liet haar scharlakenrode lip op zijn huid afdrukken.

'Ik heb genoeg gehad voor vandaag. Ik ga beter weg,' zei ze.

Ze pakte haar tas van de tafel en liep naar de deur.

Ze voelde Ricky's ogen op haar gericht.

Doordringend.

Beschuldigend.

'Wacht,' zei hij.

Becky stopte.

Zijn hart bevroor.

Langzaam draaide hij zich om.

Ricky's donkere omtrek werd omrand door de heldere gloed van het water van het aquarium terwijl hij wachtte tot ze iets zou zeggen.

'Je zult je geld willen,' zei hij.

Becky fronste.

"Welk geld?"

"Ik betaal altijd mijn favoriete meisjes."

Becky bestudeerde zijn ogen.

Wat was hij aan het doen?

'Je hebt het nog nooit eerder gedaan.'

"Het werd tijd dat ik het deed."

Hij pakte een chequeboekje van het bureau.

Hij haalde een pen uit de zak van zijn overhemd en krabbelde er iets op.

Toen ze het naar Becky bracht, voelde ze dat het in haar nek prikte.

Ricky gaf hem de cheque.

Becky pakte het aan en keek naar het bedrag.

Veertigduizend dollar.

Ze werd bleek en keek Ricky ongelovig aan.

'Voor diensten die verschuldigd zijn,' zei hij.

Becky keek terug naar de sterke figuur.

Veertigduizend dollar.

Hij zou zijn hypotheek betalen.

Ze zou een nieuwe auto kunnen krijgen.

Kom drijven.

Koop nieuwe kleding.

Designer schoenen.

Ricky glimlachte niet toen hij haar de cheque bestudeerde.

De blik die hij haar toewierp was er één van zorg.

Becky keek zenuwachtig in zijn staalblauwe ogen.

Hij wist dat ze had geprobeerd hem te vermoorden.

Hij betaalde ervoor.

Neem het geld, laat me met rust, kom niet.

Ze wilde hem niet teleurstellen.

Hij slaagde erin te glimlachen en draaide zich vervolgens om om de kamer te verlaten, terwijl zijn trillende hand nog steeds zijn nieuwe fortuin vasthield.

BETER EEN TRIO

We zaten met ons drieën op de bank en keken naar een goedkope HBO-film.

Ik zat in het midden, leunend tegen mijn vriend, Peter, en zijn beste vriend, Ricky, die tegen de andere kant van de bank leunden.

Peter draaide zijn hoofd naar ons toe en maakte de opmerking dat hij het niet erg zou vinden om datgene te doen waar we het eerder over hadden gehad.

Ik staarde naar de televisie en zag hoe een vrouw haar zin had met twee mannen.

Ricky verschoof een beetje op de bank.

"Ja, het lijkt erop dat het leuk kan zijn." ' zei ik terwijl ik naar het scherm keek en grinnikte.

Voor ik het wist, begon Peter met zijn handen langs mijn lichaam te strijken, pakte de onderkant van mijn shirt en trok eraan.

Ricky kwam iets dichterbij en begon over mijn been te wrijven terwijl hij in mijn ogen keek.

Ik had het gevoel dat mijn hele lichaam sprong zonder te bewegen.

Peter zette me neer en trok mijn shirt uit. Mijn borsten rustten in mijn zwarte kanten bh, mijn tepels hard en duwden tegen de stof.

Toen drukte hij zijn lichaam tegen het mijne, sloeg zijn armen om mijn rug en met een beweging van zijn pols werden mijn borsten losgemaakt.

Peter begon aan mijn tieten te zuigen terwijl Ricky zijn handen naar de knoop van mijn korte broek liet glijden.

Ik voelde dat ik nat werd toen Ricky mijn korte broek losknoopte en hem langs mijn heupen en benen naar beneden trok.

Tot zijn verbazing droeg ze geen slipje.

Ricky likte zijn lippen en bracht zijn gezicht dichter naar mijn natte poesje.

Ik hapte naar adem toen ik zijn tong mijn lippen voelde binnendringen en mijn klitje streelde, waardoor Peter harder aan mijn tepels zoog.

Ik liet zijn handen naar zijn broek glijden en begon eraan te werken om ze uit te trekken.

Ik spreidde mijn benen nog verder om Ricky gemakkelijker toegang te geven.

Mijn hart begon te bonken toen wat er gebeurde zich in mijn hoofd begon te nestelen.

Terwijl Ricky hongerig mijn kletsnatte poesje likte, trok hij zijn broek uit en trok zich met tegenzin terug om zijn shirt over zijn hoofd te trekken.

tegen mijn lippen drukte, over de lengte van mijn gezwollen clitoris wrijvend.

Toen Peter opstond, trok hij zijn shirt uit en gooide het opzij.

Toen klom hij op de bank, zijn pik centimeters van mijn gezicht verwijderd, en legde een van zijn benen over mijn benen.

Ik kreunde toen Ricky zijn pik in mijn poesje duwde en me volledig vulde.

Ik verstevigde instinctief mijn greep om zijn lid.

Ik stak mijn tong uit en streelde ermee over het puntje van Peter's grote pik, terwijl ik mijn hoofd naar voren leunde en mijn lippen om het gezwollen hoofd sloeg.

Peter leunde met één hand tegen de muur en liet de vingers van de andere in mijn haar glijden, terwijl hij zachtjes mijn hoofd leidde terwijl ik aan zijn pik zoog.

Ricky streek met zijn handen langs mijn zij en pakte mijn heupen vast, terwijl hij me stil hield terwijl hij me neukte.

Mijn gekreun ging verloren in de zijne.

Ik begon mijn heupen tegen die van Ricky te wiegen en zijn kloppende pik dieper in mijn strakke, natte kutje te laten zakken.

Ik begon de binnenkant van Peter's dij te volgen, bracht mijn hand naar zijn met sperma gevulde ballen en begon ze zachtjes te masseren, terwijl ik ze in mijn kleine hand liet rollen.

Ik kreunde opnieuw, mijn mond helemaal gevuld met Peter's pik.

Ik voelde hoe de kop van zijn pik de achterkant van mijn keel raakte en het voorvocht op mijn tong proefde.

Peter leunde achterover, zijn pik klopte nog steeds van mijn harde zuigen, en klom van de bank en nam mijn hand in de zijne.

Ik ging rechtop zitten en Ricky trok zijn pik uit mijn opgewonden kutje.

Peter nam me mee naar de slaapkamer, ging op het bed zitten, pakte mijn slanke heupen vast en draaide me om.

Ricky stond voor me en streelde zijn harde pik terwijl Peter mijn kontwangen spreidde.

Ricky pakte toen mijn heupen vast en hielp me met balanceren, terwijl hij hielp Peter's pik voor mijn strakke gaatje te positioneren.

Mijn knieën drukten tegen mijn borsten terwijl ik Peter's natte pik tegen mijn strakke kont voelde drukken.

Ik kreunde terwijl zijn pik langzaam mijn kont binnendrong.

Ricky duwde mijn bovenlichaam naar achteren en liet zijn pik terug in mijn kutje glijden.

Achterover leunend, met mijn armen ondersteunend, mijn kont en kutje gevuld met pik, kreunde ik luid en beet op mijn onderlip.

De pijn en het plezier die uit de dubbele penetratie voortkwamen, waren bijna te veel om te verwerken.

Peter liet zijn twintig centimeter lange lul diep in mijn kont glijden, vulde hem volledig en begon toen zijn heupen te bewegen.

Zijn handen rond mijn borst masseerden mijn borsten.

Ricky pompte woedend in mijn hete, natte poesje.

Zijn ademhaling werd moeizaam en zijn handen op mijn heupen hielden me op mijn plaats.

Ik klemde me stevig om hun beide lullen vast en voelde dat mijn eigen climax begon op te bouwen.

Peter's pik zwol op in mijn kont terwijl ik kneep en hij begon me sneller te neuken, kreunend terwijl hij dat deed.

Ricky sloot zijn ogen en begon die vertrouwde warmte op zijn pik te voelen terwijl hij hem gestaag in mijn poesje pompte.

Ik kreunde bij bijna elke ademhaling, omdat ik ze in mij wilde voelen ontploffen.

Ik kneep harder.

Peter's lichaam begon onder mij te trillen terwijl zijn pik explodeerde en mijn kont vulde met zijn dikke sperma.

Haar gekreun vermengde zich met dat van Ricky en dat van mij.

Hij sloeg zijn armen stevig om mijn borst toen zijn hoogtepunt zijn hoogtepunt bereikte, terwijl hij zijn pik in vlagen in en uit mijn strakke kont pompte.

Toen Peter in mijn kont kwam, voelde ik dat mijn eigen hoogtepunt mijn lichaam gespannen begon te maken en mijn poesje samentrok rond Ricky's met sperma gevulde pik.

Ik begon mijn heupen te bewegen op het ritme van Ricky's bewegingen en wilde rond zijn pik klaarkomen.

Ik gooide mijn hoofd achterover en kreunde zo hard dat ik bijna schreeuwde toen ik klaarkwam , met een lul in elk gaatje.

Ricky kon zich niet langer inhouden, hij liet los en vulde mijn poesje met straaltjes van zijn sperma.

We trilden allebei, onze slagen werden langzamer en ons gekreun werd zachter, onze climaxen namen af.

Ricky leunde naar voren, kuste me zachtjes en glimlachte terwijl hij zijn pik uit mijn kutje trok en me uit bed hielp.

Peter stond snel op, ging achter me staan, sloeg zijn armen om mijn middel en kuste mijn wang.

Tussen het lachen door zei hij:

"Ja, het was eigenlijk leuk... "

EINDE